JN074491

ただ静かに
消え去る
つもりでした

ヴィオラ・エヴァンズ
レティシアの親友。兄たちに囲まれ、女だからと馬鹿にされているので勉強を頑張っている。
イザーク・ウェバー
伯爵家の次男という立場のため、家を継ぐ必要がなく、割と気ままに生きている。
レティシア・カルディナ
カルディナ家の一人娘。穏やかで争いごとを好まない。困っている人を見ると放っておけない。

主な登場人物
イメルダ・カルディナ
レティシアの父フランクの元愛人。母ルクレチアの死後、屋敷に迎え入れられた。
フィオナ・カルディナ
イメルダの娘でレティシアの腹違いの姉妹。外見とは裏腹に、腹黒で計算高い。
セブラン・マグワイア
レティシアの幼馴染で将来結婚する約束をしていた。穏やかな性格だが流されやすい。

Contents

序章　私と婚約者と義理の妹……003
第1章　知らない家族……013
第2章　セブランとフィオナの出会い……033
第3章　美化委員会……066
第4章　足の怪我……102
第5章　セブランの両親……134
第6章　知られてしまった話……166
第7章　父への誕生日プレゼント……186
第8章　婚約の申し出……218
第9章　旅立ち……243
第10章　その頃の人々……261

ただ静かに消え去るつもりでした

結城芙由奈

イラスト
椎名咲月

序章　私と婚約者と義理の妹

それは私とセブランが18歳になった春の出来事――

私たちはガゼボの中にいた。

「愛しのレティ、どうか僕と婚約してください」

幼馴染で子供の頃から大好きだったセブラン・マグワイアが私、レティシア・カルディナに紫色のバラの花束を差し出す。

セブランが私の前で片膝をつき、婚約を願い出てくれるその姿をどれほど夢見ていたことか

……けれど、それはもう過去の話。

今は悲しい気持ちで彼の言葉を聞いている。でも、それは私が心変わりをしたからではない。

セブランを愛する気持は今も変わりはないのだから。

ただ……変わってしまったのは――

「ありがとう、セブラン。……謹んでお受けいたします」

手を伸ばし、差し出されたバラの花束を受け取ると、彼に安堵の表情が浮かぶ。

「あぁ、よかった……君に断られたら、どうしようかと思っていたよ」

立ち上がったセブランは笑みを浮かべながら私を見る。でも、私には分かる。彼が無理に作り笑いをしていることを。

なぜなら私は子供の頃からずっと彼に恋をしていたのだから。

「まさか。断るはずないでしょう?」

バラの花束の香りを嗅(か)ぎながら返事をする。

「もう君のお父さんに婚約の話は済ませてあるんだ。婚約式はいつにする?」

太陽を背に、私に話しかけるセブランのダークブロンドの髪がキラキラと光っている。アンバー色のセブランの瞳は優しい。

「ええ、そうね。いつにしましょうか……」

その時——

「レティ、セブラン様。2人とも、ここにいたの?」

声が聞こえて振り向くと、そこにはホワイトブロンドの長い髪に青い瞳の女性。私の腹違いの妹であるフィオナの姿があった。もっとも妹と言っても、彼女と私の年齢は半月ほどしか離れていない。

「フィオナ、こんにちは。今日もお邪魔しているよ」

途端(とたん)にセブランの顔に笑みが浮かぶ。

「ええ。お待ちしていたわ、セブラン様」

フィオナはセブランに笑いかけ、次に私を見た。

「まぁ、レティ。とても素敵な紫のバラね。あなたの瞳と同じ色だわ。もしかしてセブラン様にもらったの？」

「ええ。彼からいただいたの」

小さく頷くと、セブランがフィオナに話しかけた。

「フィオナ、それなら君にもバラの花束をあげるよ。フィオナの瞳は海の色のように青く美しいから青色のバラなんてどうだろう？」

セブランは熱を持った瞳でフィオナを見つめている。その頰には少しだけ赤みがある。

「え……？　でもそれは悪いわ。だって私はセブラン様から花束をもらう資格はないのよ？だってあなたはレティと……」

そしてフィオナはチラリと私を見る。……ここは私が察しなければ。

「私、バラが枯れるといけないから花瓶にいけてくるので、お先に失礼するわね」

背を向けて立ち去ろうとしたところ、セブランから戸惑いの声で呼び止められる。

「え？　レティ？」

そこで私は振り向いた。

「フィオナ、私の代わりにセブランのお相手をお願いね」

「ええ、分かったわ。セブラン様、それではこちらで私と一緒にお話ししませんか？」

フィオナは頷くと、すぐにセブランに声をかける。

「うん、そうだね」

セブランの顔はとても嬉しそうだ。

「それではごゆっくり」

私は声をかけるも、2人は既に互いの話に夢中になっているのか、返事をするどころか、こちらを見ようともしない。

「そういえば、セブラン様。私この間、町でとても美味しいケーキ屋さんを見つけたのよ。そのお店は飲み物もとても美味しかったわ」

「そうなのかい？　一度行ってみたいな」

「なら、今度一緒に行きましょう。いつがいいかしら……」

2人の楽しげな会話を背に、私はその場をあとにした。

静まり返った長い廊下を歩いていると、前方から2人のメイドを引き連れた女性がこちらへ歩いてくる姿が目に入った。

「あ……」

思わず足を止めると、女性も私に気付いたのか笑みを浮かべて真っ直ぐこちらへ近づいてくる。そして私の前で足を止めると、ニコリと笑いかけてきた。

「あら、レティシア。とても美しい花束を抱えているわね？　もしかしてセブラン様からもらったのかしら？」

彼女は私の義理の母。イメルダ・カルディナ伯爵夫人でフィオナの母親。娘と同様に美しいホワイトブロンドに青い瞳の女性。

「はい、そうです。彼からいただきました」

「そうなのね……ひょっとすると婚約の申し出の話があってもらえたのかしら？」

「その通りです。セブランから本日婚約の申し入れがありました」

「……ふ～ん。そう。それで？　フィオナの姿を見なかったかしら？」

興味がなさそうに返事をすると、意地悪な質問をしてくる。

「フィオナでしたら、おそらくガゼボにいると思います。お花を花瓶にいけてきたいので、私はこれで失礼します」

会釈すると、私は再び歩き始めた。

「まったく……立場が逆だったらフィオナが選ばれたのに……」

すれ違いざまに、イメルダ夫人がポツリと呟いた台詞が耳に飛び込んでくる。

明らかに私に聞かせるために意図的に口にしたのであろう。けれど、私は聞こえないふりをして、そのまま自分の部屋へと向かった。

——パタン。

扉を閉じると、ようやく安堵のため息が口から漏れる。

(きっと本当はお父様も、私ではなくフィオナがセブランの婚約相手だったらいいのにと思っているでしょうね……)

そう思うと、なんだか無性に悲しい気持ちが込み上げてきた。

「う……うぅ……」

私はバラの花束を抱えたまま、涙を流してその場にうずくまった——

私の実の母……ルクレチア・カルディナは、かなりの財産を所有していた名家の伯爵家出身で、2年前に亡くなっている。父であるフランク・カルディナ伯爵とは政略結婚であったのだが、実は母はデビュタントの時に出会った父にずっと恋をしていたそうだ。そこで自ら両親に訴え、父と結婚することができた……らしい。

一方、父には恋人がいた。その女性こそがイメルダ夫人。彼女は貧しい男爵家で、身分差がありながらも2人は結婚しようとした。ところが家柄のことで周囲の猛反発を受けることになる。そこへ追い打ちをかけるかのように母との縁談話が浮上し、イメルダ夫人は身を引くしかなかった。

父と母は結婚したものの、夫婦関係は冷え切っていた。それでも世継ぎを望む双方の親たちの説得により、母はなんとか子供を宿すことができた。それが私である。

母は私を妊娠したことをとても喜んだのも束の間、一気に地獄に叩き落とされた。なぜなら、ほぼ同時期にイメルダ夫人の妊娠が発覚したからだ。

父は母と結婚生活を続けていたものの、恋人との関係は切れていなかった。彼女のためにこっそり別宅を買い与え、2人はそこで逢瀬を重ねていたのだ。そして残酷なことに、ほぼ同時期に子供を宿した。さらにあろうことか、父はそのことをすぐに母に報告したそうだ。

その事実を知った母は……ついに、心を病んでしまった。

父に恋人がいたこと……そして妊娠を知った母の怒りと悲しみは計り知れなかった。まして、妊娠の時期がほぼ同じなのだから余計にショックは大きかった。精神的に追い詰められた母は何度も流産しそうになったが、私は難産の末に無事に生まれてくることができた。

……母の精神の崩壊と引き換えに。

私を産んだ母は狂気に囚われ、廃人同様になってしまった。人の世話がなければ何もできない赤子のようになってしまったのだ。

そんな母を見兼ねた父は、母を屋敷の一番奥の部屋に押し込めて世間から隠してしまった。

そして母の実家には、出産により気が触れてしまったと説明した。娘の変わり果てた姿に絶望した母の両親は、父に全てを託して見捨ててしまった……と私は使用人から聞かされて育ってきたのだった。

狂気に囚われ、子育てができなくなってしまった母の代わりに、父はメイドに交代で子育てをさせた。私に名前をつけたのは父であったけれども、愛情を注いでもらった記憶はない。

やがて私は成長し、父と一緒に食事をとるようになった。けれど、そこに会話はほとんどなかった。

それでも私は父の愛情が欲しかった。そこで必死になって父に話しかけたけれども、返事は「ああ」とか「うむ」といったものばかりで、まともな会話が成り立つことはなかった。

そしてついに、私は父との関係改善を諦(あきら)めて、距離を置くことに決めたのであった。

母は狂気に囚われ、母娘の会話など成り立たない。父はまるで私から目を背(そむ)けるような態度を取り、相手にもしてくれない。そんな両親から見捨てられた私を救ってくれたのが、幼馴染のセブラン・マグワイアの存在だった。

彼は同じ地区に住む伯爵家の令息だった。同い年で父の顔見知りだったということもあり、私と彼は一緒の時間を過ごすことが多かった。私が彼に淡い恋心を抱くようになるのにさほど時間はかからなかった。

マグワイア家は、冷たいカルディナ家とは違ってとても温かな家族だった。セブランの両親は、まるで実の娘のように私を温かく受け入れて可愛がってくれた。

「レティシア、将来はセブランと結婚してお嫁においで」

セブランの両親からそのように言われ、当然私は将来彼と結婚することになるだろうと夢を抱いていたのに……私の夢は、もろくも崩れ去ることになる――

第1章　知らない家族

　それは今から2年前の寒い冬の出来事だった。

　その日は朝からチラチラと雪が降っていた。私の朝の日課は、学校へ登校する前に母に挨拶(あいさつ)をすることだった。今朝(けさ)も部屋に顔を出すと、母は窓から外を眺(なが)めていた。

「お母様、今日は朝から雪が降っているわ。寒いから、私が学校から帰ってくるまでは絶対に外に出たりしないでね」

「ゆ……き……？　これ、ゆ、き……？」

　母は私を振り返ることなく、空から降ってくる雪を指さしている。

「ええ、そうよ。お母様、あれは雪というの」

　背後からそっと母の両肩に手を置く。その体はまるで骨と皮のようにやせ細っている。

「どうしても雪が見たかったら、学校から帰ったら私が庭に連れていってあげる。だから、それまではお部屋でおとなしくしていてね？」

　まるで子供をあやすかのように、母の頭に手を置いて撫(な)でてあげると、嬉しそうに笑みを浮かべる。その無邪気な笑顔は本当に子供のようだ。今日は薬が効いているのか、いつもよりも穏やかな母を見ることができてよかった。

「それではお母様、学校へ行ってきます。雪はあとで私と一緒に見ましょうね」

そして私は母を残して学校へ行った。

それが、生きている母との別れになるとも知らず――


学校から帰宅すると、屋敷の中が騒がしかった。使用人たちはバタバタと走り回り、只事ではない雰囲気だった。

「ただいま。一体何があったの？」

ちょうど近くにいたメイドに声をかけると、彼女は真っ青になった。

「お嬢様！　た、大変でございます！　奥様が……ルクレチア様が……！」

「お母様がどうしたの！」

そして私は、青ざめたメイドからとんでもない言葉を聞かされた――

「お母様！」

ノックもせずに扉を開けると、顔に白い布をかけてベッドに横たわる母の姿があった。

母の側には父が、ベッドの傍らに椅子を寄せて座っていた。周りには他に白衣を着たドクターに10名ほどの使用人たちの姿もある。

「レティシア……ルクレチアが……亡くなった」

淡々と告げる父の言葉は、まるで単なる連絡事項の報告をしているかのようだった。

「お母様……」

震えながらベッドに近づき、顔を覆っている白い布を外すと、母はまるで眠っているかのような表情を浮かべていた。

「ルクレチアは、薄着のまま庭に出て……ずっと雪を眺めていたようだ。ベンチに座った状態で冷たくなっていたそうだ……」

背後で父の押し殺すような声が聞こえてくる。

「そ、そんな……お母様……」

私の手から、持っていた布がハラリと足元に落ちる。

母が亡くなったのは私のせいだ。庭に出て一緒に雪を見ましょうと声をかけたから……だから、母は一人で外に……。

「お母様……お母様……」

私は母に縋り付き、たくさん泣いた。いくら正気を失っていても、私にとってはたった一人の母だった。寄り添って献身的に尽くせば、いつかは私が娘だということを理解してくれて正気に戻ってくれると信じていたのに。結局、母は私を娘だと認識しないまま……この世を去ってしまったのだ。

この日、本当の意味で私は母を失った。

16歳の寒い1月の出来事だった――

母のお葬式は、親族だけを集めた密葬で行われた。母の両親はお葬式にも参列しなかった。おそらく狂気に囚われた娘のことなど、どうでもよかったのだろう。何しろ私は孫でありながら、一度も祖父母に会ったことがなかったのだから。

――ゴーンゴーンゴーン……。


教会に厳(おごそ)かな鐘の音が響き渡っている。

喪服に身を包み、項垂(うなだ)れている私は背後から声をかけられた。

「レティ」

その声に振り向くと、黒いスーツ姿のセブランが悲しげな顔で立っていた。

「セブラン……」

「ごめん、レティ。親族だけしか参加できないと言われていたのに……君のことが心配だから来てしまったんだ……」

申し訳なさそうに私を見つめている。親族だけの密葬だったので、まさか来てくれるとは思わなかった。

「いいえ……そんなことないわ。……ありがとう、来てくれて……」

セブランの顔を見たら、途端に涙が溢れてきた。きっと張り詰めていた心の糸がプツリと切れてしまったのかもしれない。

「レティ……！」

セブランが強く抱きしめてくれた。

「セブラン……お母様が……お母様が亡くなってしまったわ！　最後まで私を娘だとは認識してくれないまま……！」

「かわいそうなレティ……大丈夫だよ。僕がずっと側にいてあげるから……」

私の髪を優しく撫でてくれるセブランの手が、彼の温もりが嬉しかった。そうだ、私にはまだセブランがいてくれる。だから、大丈夫。

この時の私はセブランの愛を信じていた。あの人たちが現れるまでは――

それは、母が亡くなって2カ月後のことだった。

いつもの朝食の席で父と食事をしていると、不意に話しかけられた。

「レティシア、少しいいか？」

「はい、お父様」

滅多（めった）に父が話しかけてくることはなかったので、驚きながらも返事をする。

「今日、我が家に新しく家族になる女性が2人訪ねてくる。一人はイメルダという名の女性で、もう一人はフィオナという少女だ。お前の……義理の母と異母妹になる」

「え……？」

その話に耳を疑った。父からは一度も教えてもらったことはないけれど、使用人たちの噂話で、イメルダという女性とフィオナの話は既に知っていた。父とイメルダは恋人同士で、フィオナは私の腹違いの姉妹だということも。

「そ、そんな……お父様、嘘ですよね？　まだお母様が亡くなって2カ月ですよ？　到底受け入れられるはずがありません！」

父に逆らったことがない私でも、今回ばかりは流石（さすが）に黙っていられなかった。

それなのに……。

「我儘(わがまま)を言うな、レティシア。お前はまだ母親が必要な年齢だろう？　それにたぶん知っているだろうが、フィオナはお前の腹違いの妹なのだ。あまり意地の悪いことを言うな！」

滅多に声を荒らげることのない父の態度に驚き、私は口を閉ざしてしまった。

「……もういい。食欲が落ちた。いいか、レティシア。２人は14時に屋敷に到着予定だ。新しい家族になるのだから、出迎えはするのだぞ」

それだけ告げると、父は私を残してダイニングルームを出ていってしまった。


――14時。

エントランスで私は父の隣に立ち、義理の母になるイメルダ夫人とフィオナが現れるのを待っていた。その背後には大勢の使用人たちも集まっている。

「お父様……」

緊張する面持ちで私は父を見上げた。すると父は私を見ることもなく、語る。

「レティシア、同じ年齢だとしても、お前はフィオナよりも半月は姉だ。たとえ半分しか血が繋(つな)がっていなくとも２人は姉妹。だから親切にしてあげなさい。イメルダのことも受け入れるのだ。カルディナ家の娘として恥じるような態度を取ってはならない。分かったな」

「はい……お父様……」

私はできれば父の口から謝罪の言葉が欲しかった。

母が亡くなったばかりなのに、すまない。突然このようなことになって悪かったと……。

期待外れの言葉に、私の心はますます暗い気持ちになってくる。

その時——

目の前の大扉がゆっくり開かれ、フットマンが2人の女性を連れて現れた。それぞれ青い瞳に美しいホワイトブロンドの髪。最近流行(はや)りのドレスを着用していた。

「イメルダ、それにフィオナ。待っていたよ」

父が今まで見たこともないような笑みを浮かべた。

「あなた！　やっとここに来ることができたわ！」

「お父様、お久しぶりです！」

2人は父の元に駆け寄り、私の見ている前で熱い抱擁(ほうよう)を交わす。その姿が私にとってどれほどショックだったか、おそらく父は気付いていないだろう。私は生まれてから一度も父から笑いかけられたこともなければ、抱きしめてもらったこともない。それは決して望んではいけないことだと思っていたから。

なのに、これは一体どういうことなのだろう？

3人は私をそっちのけで、仲睦(なかむつ)まじく話をしている。その姿は本当の家族のようで、私は一

人蚊帳の外だ。きっとお母様は、今の私のような気持ちをずっとずっと持ち続けていたのだろう。悲しみとも苛立ちともつかない複雑な気持ちを押し込め、ギュッと両手を強く握りしめると、思い切って声をかけた。

「あ、あの……はじめまして。私はレティシア・カルディナと申します。ようこそ、おいでくださいました」

するとと父が2人から離れ、私を紹介した。

「イメルダ、フィオナ。私のもう一人の娘だ。これから家族として仲良くやってくれ」

もう一人の娘……！

まるで私はおまけの娘のような父の物言いがショックで、自分の顔が青ざめるのが分かった。

すると、イメルダ夫人が私をじっと見つめる。

「あら、ルクレチア様に似ていると思ったら……やはり、彼女の娘だったのね？」

「え……？　母をご存じなのですか？」

その言葉に耳を疑う。

「ええ、当然でしょう？　何しろ彼女と会ったことがあるのだから」

その言葉に思わず顔をこわばらせた時――

「はじめまして、レティシア。私はフィオナよ。あなたのことはお父様からよく聞かされていたわ。とても勉学が得意なのですって？　どうぞこれから仲良くしてね」

人懐こい笑みを浮かべたフィオナが私に近づいてくると、右手をギュッと握りしめてきた。

父から……よく私の話を聞かされていた？　私は2人のことを何一つ聞かされたことがないのに？　思わず、縋るような視線を父に向けてハッとなった。なぜなら父とイメルダ夫人が、私を刺すような視線で見つめていたからだ。きっとこれは、フィオナと仲良くするようにとの忠告なのだろう。

「え、ええ……こちらこそ、どうぞ仲良くしてね？」

私はそれだけ言うのが精いっぱいだった。


私は父に命じられるまま、フィオナを部屋に案内した。

「ここが今日から私の部屋になるのね？　とっても素敵だわ。広くて日当たりもいいし。まぁ、なんて素敵なドレッサーなのかしら」

フィオナは真っ白なドレッサーに駆け寄ると、鏡の中の自分に笑いかけた。

「そう？　気に入ってもらえてよかったわ」

無邪気な笑顔で部屋の様子を見て回るフィオナを複雑な気持ちで見つめていた。早く一人になりたい……そこで私はフィオナに声をかけた。

「それではフィオナ、私はもう行くわね。今夜は4人で夕食会を開くそうだから、それまでゆっくり休んでちょうだい」

「え？　もう行ってしまうの？　やっと姉妹が出会えたのだから、いろいろお話がしたいのに」

カウチソファに座り、クッションを抱きしめたフィオナが首を傾げる。もし、男性が今の彼女の姿を見れば、おそらく庇護欲を掻き立てられるに違いない。

「え、ええ……まだ学校の課題が残っているから……」

「そうだわ！　ねぇ、レティシア。あなたの部屋はどこにあるの？」

「私の部屋はあなたの隣よ」

本当ならフィオナが隣の部屋に来るのは気分的に嫌だった。けれど、もともと私の隣の部屋は空き部屋だったし、父は姉妹なのだから部屋は隣接する方がいいだろうと、隣を彼女の部屋にしてしまったのだ。

しかし、初めから父はこの場所をフィオナの部屋にしようと決めていたのだろう。何しろ既に室内は必要な家具類が全て揃えられていたからだ。父は……イメルダ夫人とフィオナをこの屋敷に呼ぶギリギリまで私に隠していたのだ。

その時のことを思い出し、唇を噛みしめると、フィオナが声をかけてきた。

「どうしたの？　レティシア」

「い、いいえ。なんでもないわ」

「それじゃ、早速あなたの部屋に行きましょう。大丈夫、安心して。勉強の邪魔はしないから。ね？　いいでしょう？」

「フィオナ……」

まるでおねだりするような態度。ここで私が拒絶しようものなら、きっとフィオナは父とイメルダ夫人に話してしまうだろう。……たとえ、本人に悪気がなかったとしても。

「ええ、いいわ。それでは私の部屋に行きましょう」

「ありがとう！　レティシア！」

こうして私はフィオナを自分の部屋に連れていくことにした。

「まぁ……ここがレティシアのお部屋なのね？　もしかして水色が好きなの？」

私の部屋は水色で統一されていた。

カーテンやカーペット、ベッドカバーまでもが水色だった。

「ええ、水色は海のような色で落ち着くから好きなの。それじゃ、ごめんなさい。課題を終わらせなければならないから、フィオナは適当に過ごしていてちょうだい」

まさか追い出すわけにもいかず、フィオナに声をかけると、早速私はライティングデスクに向かった。

今朝は突然父から、フィオナたちがやってくるという話を聞かされて、課題どころではなかった。

明日提出しなければならない古典文学のレポートが残っていたのでペンを走らせていると、背後でフィオナの声が聞こえた。

「ねぇレティシア！　この人、誰？　とっても素敵な人ね！」

「え？」

振り向くと、フィオナはセブランの写真が入った写真立てを見つめている。

「……その人は私の幼馴染なの。名前はセブラン・マグワイアといって、私たちと同じ16歳よ」

不安な気持ちを抱きつつ、なんとか平常心を保ちながらフィオナに教える。

「そうなの？　セブランという名前なのね。ねぇ、もしかしてレティシアの恋人なの？」

「え？　恋人……？」

私の中ではセブランは幼馴染であり、ずっと恋心を抱いていた相手には違いない。彼の両親からも、大人になったらお嫁においでと言われている。半ば口約束のようなものは出来上がっていた。けれど肝心のセブランからは、まだはっきり「好き」という言葉はもらったことがない。

答えに詰まっていると、フィオナが笑みを浮かべた。

「分かったわ、２人は婚約者同士だったのね？」

「ど、どうしてそう思うのかしら？」

「だって、写真を撮ってわざわざ写真立てに飾ってあるくらいなのですもの。でも、よくお似合いの２人だと思うわ」

お似合いの２人……その言葉が少しだけ私に安心感を与えてくれる。

「本当に……そう思う？」

「ええ、もちろんよ。でも羨ましいわ。私にはまだそういうお相手の人がいないから」

ため息をつきながら天井を見上げるフィオナ。彼女はこんなに可愛らしいのに……どうしてなのだろう？

「フィオナにはまだ決まったお相手の男性がいないの？　あなたはとても可愛らしいのに」

すると予想もしていなかった台詞がフィオナの口から飛び出してきた。

「それは簡単なことよ。私は世間から妾の子って言われていたから」

「え？」

その言葉にドキリとする。

「私にはちゃんと立派なお父様がいるのに、一緒に暮らしていないからって理由だけで、世間から妾の子供って言われて蔑まれてきたの。もちろんお母様もそうよ。卑しい妾の女と言われて、風当たりも強かったわ」

少しだけフィオナの顔に悲しみの表情が浮かぶ。

「でもお母様が、私たちは何もやましいところはないのだから、堂々と振舞っていなさいと言ってくれたから平気だったわ。それに時々、お父様も会いに来てくれたし」

「そうなのね……」

ズキズキと痛む胸を押さえながら頷くも、上手い言葉が浮かんでこない。

「だから、このお屋敷に呼ばれた時には本当に嬉しかったわ。やっとお父様とお母様、そして半分血の繋がった姉と家族４人で暮らすことができるのだから。というわけでレティシア。これからどうか仲良くしてね？」

全く邪気のない笑顔で私に手を差し伸べてくるフィオナ。そんな彼女を見ていると、なぜか私の胸に罪悪感が込み上げてくる。

確かに私の母はお父様の正式な妻ではあったけれども、政略結婚で強引にお父様と結婚したようなもの。一方のイメルダ夫人は、男爵とは言っても名ばかりの身分だった故に、お父様と恋人同士だったにもかかわらず、結婚することができなかった。

けれどもお父様はイメルダ夫人のために一軒家を与えて、フィオナという娘までもうけている。

2人はお母様がいたので、この屋敷に上がることが今までできずに肩身の狭い思いをしてきたのだ。彼女たちを世間から後ろ指を指されるような立場に追いやってしまったのは、私とお母様なのかもしれない。

ふと、お父様の言葉が脳裏に蘇ってくる。

『たとえ半分しか血が繋がっていなくとも、2人は紛れもない姉妹だ。親切にしてあげなさい』

あの言葉は、きっとこのことを意味していたのだ。私とお母様が今までイメルダ夫人とフィオナの幸せを奪っていたのだろうか？　だとしたら私は……。

「ええ、こちらこそ仲良くしてね？」

笑みを浮かべて、フィオナの差し出す手を握りしめた。

私はこれから先、フィオナを優先してあげなければならないのだ——

その日の夕食は私にとっては一種、異様な光景だった。

お父様を中心に、私の向かい側にはイメルダ夫人とフィオナが席についている。そして3人が和やかなムードで会話をしながら食事をしているのだ。

「イメルダ。屋敷の住み心地はどうだ？」

ワインを飲みながら父はイメルダ夫人に話しかけている。

「ええ、とても立派なお屋敷だし、使用人もいてくれて何かと世話を焼いてくれるから、本当に快適だわ。ありがとう、あなた」

夫人は満面の笑みを浮かべている。

「いいや、礼には及ばない。何しろ２人には今まで不自由な生活をさせてしまったからな。フィオナ、部屋は気に入ってくれたか？」

父はフィオナに視線を向けると、優しい声音で尋ねた。

「はい、お父様。とても気に入ったわ。私の好きなピンクでお部屋の色を揃えてくださってありがとうございます」

「いいのだよ、お前は私にとって大切な娘なのだから。当然のことだ」

大切な娘……。

父の言葉に、思わずフォークを持つ手が止まってしまう。私は一度でも父から笑顔を向けられて『大切な娘』と言ってもらったことがあっただろうか？　全身が、まるで冷や水を浴びせられたかのような感覚に陥る。すると突然フィオナが私に話しかけてきた。

「どうしたの？　レティシア。さっきから一言も話をしないで食事しているようだけど、気分でも悪いの？」

「い、いいえ。大丈夫、気分は悪くないわ」

返事をすると、すかさず父が口を挟んできた。

「すまないな、フィオナ。レティシアは無口で、大体いつもこんな感じなのだよ。だから気分を害することはない」

「え……？」

あまりの父の言葉に、思わず言葉が漏れてしまう。悲しい気持ちで父を見ると、一瞬険しい視線を向けられる。

「レティシア。気分が優れないなら部屋で休みなさい」

その言葉は、この部屋から出ていきなさいと遠回しに言っているのだろう。

「……分かりました。まだ課題も残っていますし、私はお先に失礼いたします」

席を立つと、フィオナが慌てたように声をかけてきた。

「え？　行ってしまうの？　まだ美味しそうなデザートも残っているのに？」

皿の上にはシェフ特製のイチゴのムースが載っている。けれど私はもう何も口にする気になれなかった。

「ええ。いいの」

「そんな……勿体(もったい)ないわ……」

フィオナは私と皿の上のムースを交互に見つめている。

「もしよければ、フィオナ。あなたが食べてくれると嬉しいわ」

「本当に？　ありがとう！」

無邪気に笑うフィオナ。彼女はきっと甘いお菓子が大好きなのだろう。

「それでは、お先に失礼いたします」

あらためて3人を見渡すと、イメルダ夫人が声をかけてきた。

「明日の朝、また会いましょう」

「はい、分かりました」

返事をして父に視線を送るも、私とは視線を合わせようとしない。心の中でため息をつくと、私はダイニングルームをあとにした。

第2章　セブランとフィオナの出会い

——翌朝。

昨夜と変わらない朝食の風景。私の目の前には仲睦まじげに話をする父とイメルダ夫人にフィオナ。３人こそ本物の家族のように見え、私はその輪に入ることができない。

早く朝食を食べ終えて学校に行きたい……そんなことを考えているとフィオナが話しかけてきた。

「ねぇ、レティシア。今日は学校へ行く日なのでしょう？」

「え？　ええ、そうよ」

「なんという学校なの？」

「パレス学園よ」

次の瞬間、フィオナの口から驚きの言葉が出てくる。

「パレス学園……それでは今着ているのが制服なのね？　私も明日からその制服を着て登校するのね」

「え!?」

同じ学園に……？　そんな話は初耳だ。すると父が頷く。

「ああ、そうだ。レティシア、明日からフィオナも同じ学校に通うことになるから、しっかり面倒を見てあげなさい」

まるきりの命令口調である。

「よろしく頼むわね？　レティシア」

「はい、分かりました」

声をかけられたので返事をすると、イメルダ夫人が私を見て口元に笑みを浮かべている。けれど、その目は少しも笑っていない。

「転入するにあたっていろいろな手続きがあるからな。フィオナは今日のところは学校を休む。あとでメイド長に屋敷の中を案内してもらうといい」

「はい、お父様」

「あの、それでは食事が済んだので、私は学校へ行ってきます」

私は立ち上がった。登校する日はセブランが屋敷まで馬車で迎えに来てくれる。いつもならエントランスまで迎えに来てもらっていた。けれどもイメルダ夫人やフィオナに遭遇してしまう可能性があるので、今日は門の前で待っていることにしよう。

「レティシア、もう行くのか？」

すると父が声をかけてきた。

「はい、そうです」

「まだセブランが来るには時間が早いだろう？　紅茶でも飲んでいきなさい」

あろうことか、父はセブランの名を口にした。途端にフィオナが反応する。

「まぁ、セブラン様が来るの？」

「セブラン？　誰なの？」

イメルダ夫人が父に尋ねる。

「セブランはレティシアの幼馴染で、いつも一緒に登下校している少年だ。……そうだな。明日から一緒に登校することになるのだから、フィオナも今日のうちに彼に挨拶をした方がいいだろう」

「そうですね、お父様。私、セブラン様にご挨拶したいと思っていたのです」

「それでは私も母親として挨拶をしなければね」

3人とも私をそっちのけで話を勝手に進めている。このままではセブランが……。

「あ、あのセブランは……」

思い切って口を開きかけたその時、フットマンがダイニングルームに現れた。

「レティシア様、セブラン様がいらっしゃいました。エントランスでお待ちになっております」

「え？　そうなの？」

そんな、もう来てしまったなんて……！　いつもより10分は早い。

「本当？　お待たせしてはいけないわ。行きましょうよ、レティシア」

「私も行くわ」

フィオナが立ち上がると、イメルダ夫人も続く。

「そうだな。３人で行くといい。私まで行けば彼が驚いてしまうかもしれないからな。レティシア、しっかり2人を紹介しなさい」

「はい……分かりました」

有無を言わさぬ父の言葉に、私は頷くしかなかった。

３人でエントランスに向かって歩いていると、不意にイメルダ夫人が声をかけてきた。

「ねぇ、レティシア」

「はい。なんでしょう？」

「折角（せっかく）縁あって家族になったのだから、これからは私のことを『お母様』と呼んでもらえるかしら？　いくら義理とはいえ、私たちは親子関係になったのだから」

「え……？　親子関係……ですか？」

「ええ、そうよ」

満足げに頷くイメルダ夫人。

私は2カ月前に母を亡くしたばかりなのに？　それなのに、この人は私に自分のことを『お母様』と呼ばせようとしているなんて。だけど母はイメルダ夫人から強引にお父様を奪ったも同然。亡き母が罪を犯したとなれば、娘の私が償いをしなければ……。

「はい。おかあさ……」

その時──

「おはよう、レティ」

廊下の陰から笑顔のセブランが姿を現した。

「あ……おはよう、セブラン」

突然現れたセブランの姿にドキドキしながら朝の挨拶を返す。

「今朝は少し早めに着いてしまったから、部屋に迎えに行こうと思っていたんだけど……」

セブランは私の背後に立つフィオナとイメルダ夫人に視線を向けた。するとフィオナが進み出てきた。

「はじめまして。セブラン様。私はレティシアの腹違いの妹のフィオナと申します。どうぞこれからよろしくお願いいたします」

「え!?　レティと姉妹関係……？」

セブランはよほど驚いたのか、私を見た。するとそこへ、イメルダ夫人が挨拶してくる。

「はじめまして。あなたがレティシアの幼馴染のセブラン様ですね？　私はフィオナの母親で、イメルダと申します。昨日から縁あって、ここで暮らすことになりました。うちの娘同様、よろしくお願いしますね？」

イメルダ夫人はこれ見よがしにフィオナの両肩に手を置くと、笑みを浮かべた。

「は、はい。分かりました。こちらこそ、どうぞよろしくお願いします」

セブランは戸惑いながらも挨拶をすると、フィオナが再び彼に話しかけてきた。

「セブラン様。私も明日から同じ学園に通うことになりましたので、仲良くしてくださいね？」

そしていつもの魅力的な笑みを浮かべる。

「はい……」

その笑顔に顔を赤くしながらも、じっとフィオナを見つめるセブラン。

彼は特に何も意識せずに、フィオナの笑顔を見て赤くなってしまったのかもしれない。

けれど、私の心はそれだけで深く傷ついた。

「それではセブラン。挨拶も済んだことだし、そろそろ学園に行きましょう？」

平常心を装いながら声をかけると、セブランは我に返ったかのように私に視線を移した。

「あ……そうだったね。それじゃ行こうか？　レティ」

「ええ、行きましょう。それではいってきます」

私は頷くと、フィオナとイメルダ夫人に挨拶した。

「いってらっしゃい、レティシア。それにセブラン様も」

「いってらっしゃい」

こうして私とセブランは、２人に見送られながら馬車に乗った。


「ねぇ、レティ。さっきの人たちは……君の家族なの？」

馬車が音を立てて走り出すと、早速向かい側に座ったセブランが話しかけてきた。

「そうよね。いきなりで驚いたわよね。実はあの人たちは……」

隠し立てしていても仕方がない。私は自分の知りうる事実を全て余すことなくセブランに説明した。

「え？　それじゃ、さっきの子は本当にレティの腹違いの妹なんだね？」

「ええ、そうなの。私の母のせいで、あの母娘は世間から後ろ指を指されて今まで暮らしてきたみたいなの。だから責任を感じているわ」

ポツリと自分の気持ちを語った。

「うん、そうだね。それじゃ僕もこれからあの人たちに親切に接するよ。何しろ彼女はレティの妹に当たる人だからね」

笑みを浮かべながらフィオナのことを気にかけるセブラン。そんな彼を見て、私の胸は不安でチクリと痛むのだった。


私とセブランは違うクラスだった。

私はAクラスで、セブランはBクラスに所属している。いつものように2人で教室前まで来ると、セブランが声をかけてきた。

「それじゃ、レティ。また放課後一緒に帰ろう」

放課後一緒に家に……。

つまりそれは、再びセブランとフィオナが顔を合わせるということだ。フィオナがセブランに興味を持っているのは、昨夜の会話からよく分かっている。そしてセブランも美しいフィオナに関心を寄せていることを、先ほどの態度で気付いてしまった。

私とは違って、美しいフィオナに……。

「レティ？　どうかしたの？　なんだか元気がないようだけど……」

返事をしなかった私を心配してか、セブランが尋ねてくる。

「いいえ、大丈夫。なんでもないわ。それでは、いつものようにまた送ってくれる？」

「もちろんだよ、またね」

笑顔でセブランは返事をすると、私たちはその場で別れた。

「おはよう、レティ。今朝もセブランと一緒に登校してきたのね」

教室へ入ると、隣の席に座る友人のヴィオラ・エヴァンズが声をかけてきた。

「ええ、そうよ。いつも通りにね」

着席すると、ヴィオラは椅子を寄せてきた。

「2人はまだ婚約しないの？　あんなにいつも一緒にいるのに。大体このクラスの半分近くは皆、婚約者がいるわよ？」

「そう言うヴィオラだって婚約者がまだいないじゃない。美人なのに」

友人のヴィオラはキャラメルブロンドの巻き毛に、青い瞳が美しい女の子だった。

「私は男の子になんか興味ないもの。結婚なんかしなくていいわ。だって面倒くさいじゃない。でもレティ。そう言うあなただって美人よ」

「……そんなことないわよ」

フィオナの姿を思い出した。彼女の髪は美しいホワイトブロンドの髪。そして吸い込まれそうな青い瞳。

けれど私は違う。ブルーグレーのストレートな髪だ。唯一特徴があるとすれば、紫の瞳くらいだろうか？

「どうしたの？　レティ。今朝はなんだか元気がないわね。もしかしてまた家で何かあったの？」

その言葉にドキリとした。彼女にだけは家庭の事情を少しだけ説明していたからだ。どうしよう？　昨夜腹違いの妹と、彼女の母親が現れたことを相談してみようか？

「あ、あのね……」

「また父親に冷たい態度を取られたのね？」

「え？」

戸惑って瞬きすると、ヴィオラはため息をついた。

「それにしてもあなたのお父さんは、あまりにも冷たいわよ。レティは学校の勉強の他に領地管理の仕事の補佐だって一生懸命頑張っているのに、感謝の言葉もないわけでしょう」

「ヴィオラ……」

私が気にかけていたのはセブランとフィオナのことだったのだけど、ここは黙っていることにした。

「ええ、もう少し……できれば温かい言葉をかけてもらいたいなって思ったのよ」

そう、フィオナに声をかけるように……。

「レティのお父さんをあまり悪く言いたくはないけど、あなたがお嫁に行ったら、仕事の手伝いをしてくれる人が減るのよ？　そうなると自分が困るってことを自覚して、もっと大切にしてもらいたいわよね」

「……ありがとう。ヴィオラ」

その時、不意に背後から声をかけられた。

「レティシア」

振り向くと、そこに立っていたのはイザーク・ベイリーだった。

「おはよう。イザーク」

「おはようじゃない。今朝は授業前に美化委員の活動があっただろう？」

「あ、いけない！　そうだったわ！」

私とイザークは同じ美化委員に所属していた。

「先に行っているぞ」

イザークはそれだけ告げると教室を出ていく。慌てて席を立つと、ヴィオラに声をかけた。

「ごめんなさい、ヴィオラ。私、ちょっと行ってくるわね」

「ええ。いってらっしゃい」

こうして私はヴィオラに見送られながら、急いでイザークのあとを追った。

「待って！　イザーク！」

すると前方を歩いていたイザークが足を止めた。

「レティシア。今朝は一体どうしたんだ？　委員会の仕事を忘れるなんて、いつもの君らしくないじゃないか」

「……ごめんなさい。ちょっといろいろあって……忘れてしまったの」

「ふ～ん。そうか。でもだからといって、自分の役割を忘れるのはどうかと思うな」

「ごめんなさい……」

イザークは気難しいところがあるから、少し苦手だ。

「とにかく、あまり時間がないから、早く用具室に道具を取りにいこう」

「ええ、分かったわ」

そして私とイザークは急ぎ足で用具室へ向かった。


2人で花壇の雑草を取り除き、水やりをしたところで、授業開始10分前の鐘が鳴り響いた。

「……よし、こんなものだろう。そろそろ終わりにするか」

園芸用エプロンを外しながら、イザークが声をかけてきた。

「ええ、分かったわ」

「いいか？　今週は美化週間だから、明日の昼休みも活動があることを忘れるなよ？」

「はい。……ごめんなさい」

「別に謝ることはない。それじゃ俺は用具を片付けているから、レティシアは先に教室に戻っていいよ」

「え？　……いいの？」

「ああ。早く行けよ」

イザークは私を見ることもなく、用具を片付け始めた。

「ありがとう。なら、お言葉に甘えて先に行くわね」

私は急ぎ足で教室へ向かった。今日の放課後のことを考え、嫌な予感を抱きながら……。

そして、私の予感は的中することになるのだった——


「はぁ……」

本日全ての授業が終了し、帰り支度をしながら憂鬱(ゆううつ)な気分でため息をつくと、ヴィオラが声をかけてきた。

「どうしたの？　レティ。ため息なんかついちゃって」

「ええ……実は家に帰りたくなくて」

つい、本音が口をついて出てしまう。

セブランの馬車に乗って帰れば、フィオナとイメルダ夫人が姿を現すかもしれない。そう考えると、どうしても暗い気持ちになってくる。

「それなら今日は私の馬車に乗らない？　実はね、つい最近おしゃれな喫茶店を発見したのよ。帰りに寄りましょうよ」

「ヴィオラ……」

彼女の誘いはとても魅力的だった。けれど、今日に限ってセブランと一緒に帰るのを断れば、フィオナだけではなく、イメルダ夫人にも……そして父からも反感を買ってしまいそうな気がする。

「ごめんなさい……あなたの誘いはとても嬉しいけど、今日は帰ったら父の仕事を手伝わなくてはいけないの」

ヴィオラには新しい家族の話はしていない。彼女には悪いけれども、嘘をつくことにした。

「そうなの？　でもお父さんの命令なら聞かないといけないわよね。残念だけど諦めるわ」

「ええ。本当にごめんなさい。今度また誘ってくれる？」

「分かったわ」

その時、帰り支度を終えたイザークが、私たちの側を通り過ぎる時に声をかけてきた。

「レティシア、セブランが廊下で待っているぞ」

「え？」

廊下を見ると、開け放たれた教室の扉からこちらを見つめているセブランと目が合った。

「大変！　もう来ていたのね！　ごめんね、ヴィオラ。私、もう行くわ」

「ええ。また明日ね」

笑顔で手を振るヴィオラ。するとイザークが私に声をかけてきた。

「レティシア。明日の美化委員の活動、忘れるなよ」

「分かったわ」

頷くと、私はカバンを持ってセブランの元へ向かった。

「待たせてしまってごめんなさい、セブラン」

「大丈夫だよ、僕もついさっき来たところだから。それじゃ帰ろうか？」

笑顔で話しかけてくれるセブラン。彼はとても優しい。私はそんな彼が大好きだった。

「……ええ。それじゃ帰りましょう」

そして私たちは一緒に校舎を出た。

馬車の中で、私とセブランは他愛もない話をした。今日一日、学校でどんな出来事があったか、最近読んだ本の話……などなど。大好きなセブランとの会話。それは私にとって至福の時間でもあった。

やがて馬車がカルディナ家の門を潜(くぐ)り抜けると、窓の外を眺めていたセブランが声を上げた。

「あれ？　誰か扉の前で待ってるよ？」

「え？」

私も一緒になって屋敷に視線を移し……息を呑んだ。扉の前でフィオナがイメルダ夫人と並んで立っていたのだ。間違いない。フィオナとイメルダ夫人はセブランと話がしたくて、帰宅時間に合わせて外で待っていたのだ。

「もしかして僕たちが帰るのを待っていてくれたのかな？」

「え、ええ……そうかもしれないわね」

セブランの声がどこか嬉しそうに聞こえるのは……気のせいだろうか？

馬車が屋敷の前に停車すると、彼が扉を開けてくれた。

「それじゃ降りようか？」

「ありがとう」

いつものようにセブランの手を借りて馬車を降りると、フィオナが笑顔で駆け寄ってきた。

「お帰りなさい！　レティシア！　セブラン様！」

「た、ただいま……フィオナ」

すると、遅れてイメルダ夫人がやってきた。

「お帰りなさい、レティシア。それにようこそ、我が家へ。セブラン様」

イメルダ夫人は『我が家へ』という時だけ、私に視線を送る。

「ただいま戻りました……」

「こんにちは、夫人、フィオナ」

私の帰宅の挨拶に引き続き、セブランが2人に挨拶をする。

「あ、あの……なぜ外にいたのですか？」

おそらく私たちを待っていたのは一目瞭然(いちもくりょうぜん)だったけれども、念のために確認しておきたかった。すると——

「ええ、私が使用人たちに、セブラン様の馬車は何時頃屋敷に到着するのか聞いて、お待ちしていたのよ」

イメルダ夫人が答えた。

「え……？」。

てっきりフィオナの意思で、2人は外で私たちを待っていたと思っていただけに驚いた。

「私は厨房(ちゅうぼう)を借りて、趣味のクッキーを焼いていたのだけど、お母様が呼びに来たのよ。もうすぐ2人が馬車に乗って帰ってくるから、外で待っていましょうって」

「え？　フィオナはクッキーが焼けるの？」

男性ながら、甘いお菓子が好きなセブランがフィオナに尋ねた。

「はい、そうなんです。あの、よかったら私の手作りクッキーを召し上がっていかれませんか？」

そしてフィオナは魅力的な笑みを浮かべる。

「本当？　レティ、少しお邪魔していってもいいかな？」

セブランがなぜか私に尋ねてきた。

「ええ、もちろんよ」

頷くと、イメルダ夫人が首を傾げた。

「セブラン様、別にレティシアの許可など取る必要はないじゃありませんか。今回お誘いしたのは私たちなのですから」

「え？　でも……」

困った様子でセブランが私を見る。ここはイメルダ夫人の顔を立ててあげなければ……。

「そうね。セブラン、私に尋ねなくても大丈夫よ。あなたは家族のようなものなのだから遠慮しないで？」

「ええ、その通りですわ、セブラン様。それでは私たちと一緒に応接室へまいりましょう？」

「早く行きましょう。みんなで私のお手製クッキーをいただきましょうよ」

フィオナはともかく、イメルダ夫人は完全に私の存在を無視してセブランに話しかけている。

３人が連れ立って応接室に向かって歩き出すさまを見ながら、私は成すすべもなく立ち尽くしているしかなかった。すると、突然フィオナが振り返った。

「あら？　どうしたの？　レティシア。一緒にクッキーを食べに行きましょうよ」

「え？　あ……そうね。行くわ」

私は声をかけてくれたフィオナに心の中で感謝しながら、３人のあとに続いた。


「さぁ、どうぞ。セブラン様、それにフィオナも」

応接室に到着すると、イメルダ夫人は自ら私たちに紅茶を淹れた。よい香りが室内に漂う。

「いただきます」

セブランがカップを手に取り、口をつける様子を見た私も、紅茶に手を伸ばした。

「……美味しい。夫人、本当に美味しい紅茶です。淹れるのがお上手なのですね」

セブランが感心したようにイメルダ夫人を見る。確かに彼女が淹れてくれた紅茶はとても美味しかった。

「お母様は紅茶を入れるのが得意なのよ。ね？」

得意げにフィオナが話す。

「まぁね、一応貴族ではあるけれども、いろいろと訳ありで……フィオナと2人きりで暮らしていたから、おかげさまでなんでも得意になれたわね」

そして意味深な目でチラリと私を見る。それは遠回しに私とお母様のせいだと責められているようで、胸がズキリと痛む。

「そうだったのですか……ご苦労されたのですね」

けれど人のよいセブランは、夫人の言葉の裏を理解していないようで、しんみりと答える。

「セブラン様。私はお菓子作りが得意なの。焼きたてだから食べてみてください。レティシアも食べてね」

今度はフィオナが大皿に載せられたクッキーを勧めてきた。皿には数種類のクッキーが載っている。

「うわぁ……すごい。これをフィオナが一人で作ったの？」

甘いお菓子に目がないセブランが、感心したようにフィオナを見つめる。

「はい。これは茶葉を練り込んだクッキーで、こっちはチョコチップが入っているの。このクッキーはココア味ですよ」

フィオナは丁寧(ていねい)にセブランに説明し、彼は身を乗り出すように聞いている。

「それじゃ、早速いただこうかな」

セブランはクッキーに手を伸ばすと口に入れた。

「……うん、すごく美味しいよ！　今まで食べたクッキーの中で一番美味しいね」

笑顔でフィオナを見つめるセブランの頬は少し赤く染まって見えた。……誰の目から見ても、彼がフィオナに興味を持っているのは明らかだった。

「あら？　どうしたの？　レティシアも食べてみてよ」

フィオナが私を見て小首を傾げる。

「あ……そ、そうね。あまりにも上手に焼けているから、つい見惚(みと)れてしまったわ。それじゃいただきます」

私は紅茶のクッキーに手を伸ばすと、早速口に入れてみた。ホロホロと口の中で崩れるクッキーの甘さと紅茶の香りがとてもよく合った。

「本当に美味しいわ。フィオナはお菓子作りの天才ね」

「フフフ……ありがとう。ところでレティシアはお菓子作り、得意なの？」

「え……？」

その言葉にドキリとした。

私はこの家の伯爵令嬢であり、料理は全て使用人たちが用意する。だから当然、料理どころかお菓子すら作ったことはない。私が得意なのは勉強と刺繍。それに父の仕事の補佐だった。

「あの……お菓子は作ったことがなくて……」

「あら？　そうだったの？」

「それは当然よ。何しろ、彼女はこの屋敷の令嬢なのだから。使用人がするようなことをするはずないでしょう？」

夫人は刺すような視線を向ける。セブランは気まずそうに私と夫人を見比べている。きっと夫人に気を使って口を挟めないのだろう。するとフィオナが笑顔を向けた。

「だったら私が今度、クッキーの作り方を教えてあげるわ。上手にできたらセブラン様にプレゼントしましょう。ね、セブラン様」

「うん、そうだね。楽しみにしてるよ。レティ」

セブランは安堵したような表情を浮かべて私を見る。

「え、ええ……待っていてね。上手にできるように教えてもらうから」

重苦しい気持ちを抱えながら、私は無理に笑みを浮かべた。


夫人から誘われたお茶会が終わり、私たちは屋敷の外でセブランのお見送りに出ていた。

「セブラン様、明日からフィオナも同じ学校に通うことになるので、よろしくお願いしますね」

「お願いします、セブラン様」

夫人とフィオナに頼まれて、セブランは笑顔を見せる。

「ええ、もちろんです。僕の方こそ明日からよろしくお願いします」

そして馬車に乗り込むと、セブランは私に顔を向けた。

「レティ、また明日ね」

「ええ、セブラン。また明日。それでは馬車を出してください」

男性御者に声をかけると、彼は「はい」と頷いて馬車が走り始める。私たち3人は馬車が見えなくなるまで見送ると、夫人がポツリと言った。

「……行ったわね。さ、部屋に戻りましょう。フィオナ」

「はい、お母様……あ、そうだわ。レティシア」

突然フィオナが私を振り返った。

「何かしら？」

「あのね、私もあなたのことをこれからレティと呼んでもいいかしら。セブラン様みたいに愛称で呼びたいのよ」

「ええ、いいわよ」

別に断る理由もないので頷いた。もとより、断る気にもなれなかった。なぜなら、夫人が刺すような目で私を見つめていたからだ。

「あら、よかったわね。出会ったばかりなのに2人は本当に仲が良くて安心したわ。それじゃ中に入りましょう」

「はい、お母様」

「はい」

夫人に促され、私たちは屋敷の中へと入っていった――


――その日の夕食の席。

私を除いた3人は、今夜も楽しげに会話をしながら食事をしている。

「……それで、セブラン様にクッキーを焼いてあげたら、とても喜んで食べてくれたの。お父様の仰っていた通りだったわ。ありがとう」

フィオナの話に、思わず身体がこわばる。

「そうか。彼はまだ小さな子供の頃から甘い菓子が大好きだった。喜んでもらえてよかったじゃないか」

父が笑みを浮かべてフィオナを見る。

「ふふふ……あなたの助言に従ってよかったわ。すっかりセブランはフィオナが気に入ったみたいだから」

イメルダ夫人の言葉で確信を得た。夫人はセブランの気をフィオナに向けさせるために、セブランがどのようなものを好むのか父に尋ねたのだ。そして父はそれを2人に教えて……。

フォークを持つ手が震えてしまう。一体父は何を考えているのだろう。セブランの両親からは遠回しに、将来は私を彼の妻に迎え入れたいという話が以前から出ている。それなのになぜ、フィオナがセブランに気に入られるように力を貸しているのだろう？

「……シア、レティシア！」

不意に名前を呼ばれて、ハッとなって顔を上げると、父が私をじっと見つめている。

「一体どうしたのだ？　呼ばれたら返事をしなさい」

「す、すみません。考えごとをしていたものですから」

「なんだ？　それでは話を聞いていなかったのか？」

父は眉をひそめて私を見る。

「……すみません。あの、もう一度お願いします」

「仕方ない……いいか、明日からフィオナも同じ学校に通うことになる。フィオナが困らないように、お前が校内できちんと面倒を見てあげなさい。姉なのだから……分かったな？」

有無を言わさぬ強い口調だったが、言われなくてもそうするつもりだった。

いよいよ明日からフィオナが同じ学校に通うことになる……。

「お願いね、レティ」

フィオナが笑顔で私を見る。

「ええ。任せてちょうだい」

私も笑顔で頷く。そう、私は2人の幸せを奪ってしまった責任があるのだから……。


――翌朝。

私とフィオナは同じ制服を着用し、屋敷の扉の前でセブランの馬車がやってくるのを待っていた。当然イメルダ夫人も一緒だ。今日は転入初日ということで、フィオナと一緒に学校についていくことになっていたからだ。その話も今朝の朝食の席で突然聞かされたのだけれども。

彼女はいつもとは違う外出用のデイ・ドレスを着用している。……あのデザインは確か最近流行のデザイナーのドレスだ。父に買ってもらったのだろうか？

「フィオナ、その制服よく似合っているわ。あなたは器量良しだから何を着ても似合うわね」

「ありがとう。お母様に似てよかったわ」

そんな母娘の仲睦まじげな会話を、私はぼんやりと聞いていた。母は私を産んだ直後に狂気に囚われてしまった。だから私はあの2人のように母娘の仲睦まじい会話を交わしたことがなかった。少しだけ、2人の仲が羨ましい……そう思った矢先、フィオナが声を上げた。

「あ！　セブラン様の馬車が来たわ！」

見ると、彼を乗せた茶色の馬車が、こちらに向かってくるのが見えた。馬車は私たちの前で止まると、扉が開かれてセブランが降りてきた。

「セブラン、おはよう」

「おはようございます、セブラン様」

2人で声をかけると、セブランは笑顔で私たちに挨拶を返す。

「おはよう、レティ。フィオナ、それに……」

セブランはイメルダ夫人が外出着姿なのを見て、首を傾げた。

「あの、夫人……？」

「おはようございます、セブラン様。今日は娘の転入手続きがあるので、私も一緒に学校へ行くのでご一緒させてください」

そしてニコリと夫人は微笑む。

「そうだったのですね。分かりました。では皆さん、馬車にお乗りください」

イメルダ夫人に続いて、フィオナが乗り込む時に、私は彼に小声で囁いた。

「ごめんなさい、セブラン。まさかイメルダ夫人まで一緒に来るとは思わなかったの。今朝、いきなり聞かされたから」

「大丈夫だよ。少し驚いたけどね。さ、レティも乗って」

そう言ってセブランは笑いかけてくれた。

馬車の中では、ほとんどイメルダ夫人とフィオナが一方的にセブランに話しかけていた。セブランはにこやかに話に応じている。私も本当は会話に加わりたかった。けれどイメルダ夫人が怖かったので、黙って馬車の窓から外を眺めた。

……大丈夫、イメルダ夫人が私たちと一緒に馬車に乗るのは今日だけだから。

私は自分に言い聞かせて、学校に到着するまでの息苦しい時間を耐えた。


「それでは私たちは理事長室に行ってきますね。セブラン様、馬車に乗せていただきありがとうございました」

学園に到着し、馬車から降りると、イメルダ夫人がセブランにお礼を述べてきた。

「いいえ、お役に立ててよかったです」

「またね、セブラン様。レティ」

フィオナは笑顔で私たちに手を振ると、夫人と共に去っていった。

「それじゃ、レティ。僕たちも行こうか？」

「ええ、行きましょう」

歩き始めると、すぐにセブランが声をかけてきた。

「レティ、馬車の中ではずっと静かだったけど……もしかして具合でも悪いの？」

「いいえ、大丈夫よ。ただ……イメルダ夫人が一緒だったから、ちょっと緊張してしまっただけよ。ほら、一応、私の義理のお母様になる人だから」

言葉を濁すようにセブランに説明した。

「そうだったのか。確かに僕も夫人がいた時は少し驚いたけどね」

「ごめんなさい、迷惑かけて」

「迷惑なんて思ってないから気にしなくていいよ」

そこまで話した時、教室の前に到着した。

「それじゃ、レティ。また放課後にね」

「ええ、セブラン」

私とセブランは教室の前で別れた。……大丈夫、セブランは優しい。きっと私のことを考えて、あの2人にも親切な態度をとっているだけに違いない。

「不安に思う必要は……ないわよね」

私は無理に自分に言い聞かせるのだった……。


「おはよう、レティ」

教室へ入ると、ヴィオラが声をかけてきた。

「おはよう。ヴィオラ」

「あら、どうしたの？　なんだか朝からずいぶん疲れているように見えるけど。何かあったの？」

「ヴィオラ……」

もうフィオナは転入生として、この学校にやってきた。ヴィオラに事情を説明してもいいだろう。

「あのね。実は……」

私は何があったのかを説明した。イメルダ夫人のこと、そしてフィオナのことを。……もっとも、セブランが彼女に惹かれているかもしれないことは伏せて。

「……そんなことがあったのね。それにしても、レティのお父さんに、妾どころかその子供がいたなんて……」

話を聞き終えたヴィオラがため息をつく。妾という言葉で私は焦った。

「待って、ヴィオラ。別に妾というわけでは……」

「何を言ってるの？　そんなの誰が聞いても妾の関係よ。恋人同士だった？　そんなのは関係ないわ。だって、レティのお母さんが奥さんだったわけでしょう？」

「それは……そうだけど……」

でも父は、イメルダ夫人とフィオナをとても大切にしている。それにあの3人はとても仲が良い。だから私は、自分の方が場違いな居心地の悪さを感じていたのだ。

「まったく、それにしても図々しい親子よね。レティのお母さんが亡くなってまだ2カ月しか経っていないのに、母娘で上がり込んでくるなんて。しかも我が物顔で屋敷の中で振舞っているなんて……許せないわ」

「落ち着いて、ヴィオラ。少なくともフィオナに悪気はない……と思うの」

最後の方はしりすぼみの声になってしまった。フィオナに悪気はないと言いながらも、本当にそうなのだろうかと自問自答している自分が嫌だった。

「分かったわ。もし彼女と会っても何気なく接するようにする。けれど、私の見ている前であなたに嫌な態度を取ったりすれば流石の私も黙っていられないけどね」

「ありがとう、ヴィオラ」

「フィオナはどのクラスになるのかしら。同じクラスになりたくないわ」

私は返事ができなかった。できればセブランとも同じクラスにはなってほしくない。こんな風に考えてしまう自分が嫌だったから……。

第3章　美化委員会

――昼休み。

学生食堂に私とヴィオラはいた。

「とうとうレティの義理の妹に会わなかったわね」

ヴィオラが話しかけてきた。

「そうね。お父様に学園内でフィオナの面倒を見るように言われていたから、てっきり同じクラスになるのかとばかり思っていたけど」

結局、フィオナは私たちのクラスにはやってこなかった。

「どのクラスになったのかしら……Bクラス？　それともCクラスかしら？」

ヴィオラはだいぶ気にしているようだ。セブランのいるBクラスでなければいいのだけど
……とてもその気持ちを口にすることはできなかった。

その時――

「なんだ？　レティシア。まだ食べ終わっていなかったのか？」

真上から声が降ってきて、慌てて顔を上げるとイザークが立っていた。

「あ、イザーク」

「昨日言っておいただろう？　今日は昼休みに美化委員会の活動があるって」

トレーの上の食事は、あと半分ほど残っていた。

「ああ、そうだったわね。ごめんなさい。すぐに食べ終えるから」

するとヴィオラが口を尖らせる。

「ちょっとイザーク。委員会の活動まであと15分あるじゃない。何もそんなに焦らせなくたっていいでしょう？」

「……そうだったな。急かすような真似をして悪かった。それじゃ俺は先に行ってるから」

それだけ言うと、イザークは背を向けて去っていった。

「まったく……イザークは不愛想で何を考えているか分からないわ。よく美化委員会なんてやっていられるわね。大体、男子生徒は美化委員なんてやりたがらないのに」

「私は委員の仕事好きだけどね。花と触れ合えるから」

ここは貴族ばかりが通う名門校。美化委員になりたがる人はあまりいない。私は花が好きだったから、花壇の手入れの仕事をしたくて、自分から美化委員に手を上げた。もっともイザークが一緒に手を上げた時には驚いたけれども。

食事を食べ終えると、私は席を立った。

「それじゃ、ごめんなさい。委員会活動に行かないといけないから」

「ええ、いってらっしゃい」

こうして私はヴィオラに見送られ、食堂をあとにした。


今日は中庭の花壇の手入れの日だった。

「急がないと、またイザークに注意されてしまうわ」

中庭へ行ってみると、既にイザークは倉庫から麻袋やスコップ、じょうろを出していた。

「ごめんなさい、遅くなって」

息を切らせながらイザークの元へ駆け寄ると、彼は首を振った。

「いや、まだ作業開始時間まで5分あるから大丈夫だ。ほら、これつけるだろう」

イザークが作業用エプロンと軍手を渡してくる。

「ありがとう」

早速エプロンをつけて、軍手をはめると、私たちは美化活動を始めた。雑草を刈り取ったり、土をならしたり……花壇の手入れ作業が好きな私は、いつの間にかイザークの存在を忘れて鼻歌を歌っていた。

「……よほど花が好きなんだな」

「え？」

声をかけられて顔を上げると、そこにはこちらをじっと見ているイザークの姿があった。

「鼻歌を歌いながら花壇の手入れをしていた」

「え？　嘘？　本当に……？」

「本当だ。しかもずいぶん上機嫌そうにな」

相変わらず無表情のイザーク。

「ご、ごめんなさい。お花の手入れが好きだから、つい……」

思わず顔が赤くなる。

「それじゃ家でもやってるのか？」

草むしりをしながら、イザークが声をかけてきた。

「ええ。子供の頃から庭師さんと時々一緒に花壇の手入れをしていたわ。植物はお世話をするだけ、期待に添って美しく育ってくれるから」

父と母に愛情を向けられて育たなかった私は、自然とお花に興味がいくようになっていた。美しい花々を眺めていると、自分の寂しい心を埋めてくれるような気持ちになれたからだ。

「ふ〜ん。そうか」

けれど私の返事にさほどイザークは興味を持っていないのか、気のない返事をする。

「イザークはなぜ美化委員になったの？　あまりこの仕事やりたがる人はいないのに」

「それは……」

言いかけたイザークは、突然眉をひそめて立ち上がった。

「どうしたの？」

私の質問に答えることなく、イザークがポツリと呟く。

「……あれは……」

「え？」

彼の視線の先を追った私は目を見開いてしまった。そこには、セブランとフィオナの姿があった。２人は仲良さそうに庭園を歩いている。思わず立ち上がった。

「セ、セブラン……」

２人は私に気付くことなく、園庭を歩いている。すると、フィオナが何かを見つけたのだろうか？　突然セブランの右手を取ると、急かすようにどこかへ小走りで連れ出していく。その先には温室があり、２人はそのまま中へと入っていった。

「なんだ？　今のは……」

イザークが呟き、私の方を振り返ると、慌てたように声をかけてきた。

「お、おい！　大丈夫か？　顔が真っ青だぞ」

「セブラン……まさかフィオナと同じクラスに……」

「フィオナ？　あの女、フィオナというのか？　初めて聞く名前だな。それにしても……」

イザークは私をチラリと見た。

「レティシア、あの女を知ってるのか？　ずいぶんセブランと仲が良さそうに見えたぞ？」

けれど私は返事ができなかった。ショックで言葉をなくしてしまったのだ。

なぜ、２人が一緒に？

「レティシア、もう教室に戻った方がいい。ひどく具合が悪そうだぞ」

珍しくイザークの顔に心配そうな表情が浮かぶ。

「で、でもまだ……」

「あとは水やりと片付けだけだからな。残りは俺がやっておく。まるで今にも倒れそうだぞ？」

「い、いいの？」

尋ねる声が震えているのが自分でも分かった。

「ああ。そんなことより少し休んだ方がいい」

「ありがとう……」

のろのろと園芸用エプロンを外すと、イザークが手を伸ばしてきた。

「ほら、エプロンと軍手も片付けておくよ」

私はコクリと頷き、エプロンと軍手を渡した。

「ごめんなさい。それじゃお言葉に甘えて先に戻らせてもらうわね？」

「ああ。そうした方がいい」

一度だけセブランとフィオナが入った温室を見ると、重い足取りで教室へ足を向けた。


「ど、どうしたの!?　レティ！　顔が真っ青じゃないの！」

教室へ戻ると、ヴィオラが驚いた様子で声をかけてきた。

「う、ううん……大丈夫、なんでもないわ」

「なんでもないってことないでしょう？　まさか美化委員会の活動中に何かあったの？」

「え？」

その言葉にドキリとし、先ほどセブランの手を取って温室へ嬉しそうに入っていくフィオナの姿を思い出してしまった。

だけど私には何も言う権利はない。私たちはまだ婚約しているわけでもないのだから。

けれど、ヴィオラの言葉にますます私は青ざめてしまったのだろう、何を勘違いしたのか、ヴィオラは思いもよらない言葉を口にした。

「さてはイザークのせいね？　前から彼はレティに何かにつけて絡んでくるところがあったか

ら。私の方から文句を言ってやるわ」

「ま、待って。違うわ。イザークは何も悪くないのよ」

「だけど委員会活動から戻ってから様子がおかしいんだもの。どう考えたってイザークに何かされたと思うじゃない」

するとその時――

「俺がどうしたんだよ」

ちょうど運悪く、イザークが教室に戻ってきた。

「あ……イザーク。お疲れ様」

後ろめたい気持ちになりながら、彼に声をかける。

「ああ、君もな」

するとヴィオラが椅子から立ち上がった。

「ちょっと、イザーク。一体レティに何をしたのよ」

「なんのことだ?」

首を傾げるイザーク。

「それはこっちの台詞よ。委員会活動から戻って、レティの様子がおかしいのよ? きっと何かあったと思うじゃない」

「なんでそれが俺のせいになるんだよ」

「決まっているでしょう？　一緒にいたのが、あなただったからよ」

2人の間に険悪な雰囲気が漂い始めた。

「待って！　落ち着いて、ヴィオラ。本当にイザークは何もしていないわ。むしろ気分が悪くなった私を先に帰らせてくれたのよ。彼は一人残って後片付けをしてくれたのだから」

「え……そうだったの？」

ようやく納得したのか、ヴィオラはイザークを見た。

「ごめんなさい。勝手に勘違いしてしまったわ」

「別に分かればいい。だけど、レティシアの気分が悪くなったのはセブランのせいだからな」

「イザーク！」

まさか彼の口からセブランの名が出てくるなんて。

「セブランの？　一体どういうことなの？」

ヴィオラが私に視線を向ける。

「そ、それは……」

「俺たちが花壇の手入れをしていたら、セブランがフィオナとかいう女と一緒に温室へ入っていく姿を目撃したのさ。それでレティシアは気分が悪くなったんだ」

「え！　フィオナって……あなたの異母妹の？」

「異母妹……？　そんなのがレティシアにはいたのか？」

イザークが私を見る。

「ええ……そうなの。今日から同じ学校に通うことになったのよ」

「ふ〜ん。そうか。とにかく誤解が解けたなら、俺はもう行くから」

イザークはそれ以上尋ねることはなく、自分の席に戻っていった。

「レティ、どうするの？　どちらかを問い詰める？」

ヴィオラがじっと私を見つめる。

「でも盗み見をしていたように思われてしまうかもしれないわ」

イメルダ夫人の耳に入れれば、父にも伝わる。そうなると叱責(しっせき)されてしまうかもしれない。

「きっと、学校案内を頼まれただけよ。だから私の方からは何も聞かないわ」

「レティ。私は何があってもあなたの味方だからね」

そう言って私の手を握りしめるヴィオラ。彼女の温かい手がとても嬉しかった。

本日の授業が全て終わる鐘が校舎に鳴り響いた。

「ふぅ……」

今日からフィオナが一緒に帰ることになる。そう思うと気が重かった。

「大丈夫？　レティ。今日から異母妹が一緒なのよね？」

帰り支度を終えたヴィオラが話しかけてきた。

「ええ、そうなの」

「どうする？　今日は私と一緒の馬車に乗って帰らない？　まだ顔色が悪いわよ」

ヴィオラはとても優しい。私をこんなに気遣ってくれる。

「そうしたいのは山々だけど、フィオナの登校初日から私が別の馬車に乗って帰れば夫人の機嫌を損ねてしまうかもしれないわ」

いや、むしろ夫人は、邪魔な私がいないことを喜ぶかもしれない。けれど、父はどう思うだろう。嫌味な真似をするなと叱責されるかもしれない。

「そう、分かったわ。無理には誘わないけれど……」

その時――

「レティ！　迎えに来たわ！」

大きな声が廊下から聞こえて振り向くと、笑顔で手を振るフィオナとセブランの姿がある。

「まぁ！　図々しい……もうあなたのこと、愛称で呼んでるの？」

「ええ。でも、そう呼んでもいいかとフィオナに聞かれたの。だからよ」

「そうだったの？」

「ごめんなさい。あまり待たせるわけにはいかないから、私もう行くわね」

「分かったわ。また明日ね」

私はヴィオラに手を振ると、急いで2人の元へ向かった。

「ごめんなさい、待たせてしまって」

「別にそれくらい大丈夫だよ。それじゃ一緒に帰ろう？」

セブランが笑顔で話しかけてくれる。

「ええ」

頷くと、私たちは歩き始めた。

「ねぇレティ。私、セブラン様と同じクラスになれたのよ？　すごい偶然だと思わない」

「本当？　それはよかったわね」

そんなことは言われなくても知っているが、私は笑顔で頷いた。

「本当に驚いたよ。朝、先生が転入生の紹介がありますと教室に入ってきた時には。まさかと思っていたら、現れたのがフィオナだったからね」

「本当。私も教室にセブラン様がいたから驚いたわ。でも安心したわ。だって知り合いがいるといないとでは全然違うもの。それでね、今日はいろいろ校舎を案内してもらったの……」

フィオナのおしゃべりは止まらない。

結局、馬車に乗っても彼女は今日一日の出来事を興奮した様子で話し、私が口を挟む隙間は全くなかった。そんなフィオナを、セブランは優しい瞳で見つめながら聞いている。

セブランは誰にでも優しい。私に限ってではなく、全ての人に……。

だから、彼がフィオナのことを見つめる頬が少し赤く染まって見えるのは、たぶんきっと私の気のせい。そう、無理に言い聞かせた。


——そしてその夜。

「何？　レティシアではなく、セブランと同じクラスになったのか？」

食事の席で父が、フィオナの話に驚いたように目を見開く。

「ええ、そうなのよ。すごい偶然だと思わない？」

イメルダ夫人が父に話しかける。

「あ、ああ……そうだな」

父は頷き、なぜか私を見た。その視線が気になったが、黙って食事を進めた。

今夜も3人だけで盛り上がる夕食。私はそこに入ることができない。以前、父と2人きりの食事の時も居心地の悪さを感じていたけれども、今のこの状況は私にとって針のむしろ状態だった。

時折、私を見るイメルダ夫人の刺すような瞳が耐え難かった。……もしかすると私を邪魔だと思っているのかもしれない。

早く食事を終えて、一人になりたい。そう思いながら食事をしていると、不意に父に声をかけられた。

「レティシア」

顔を上げると、父がじっと私を見つめている。

「お父様？」

「食事を終えたら、あとで私の書斎に来なさい。いいな？」

「は、はい」

「あら？　お話なら、今ここですればよいのではなくて？」

イメルダ夫人が父に尋ねた。

「ええ、そうよ。お父様」

フィオナも頷く。しかし……。

「いや、２人は遠慮してくれ。いいな、レティシア」

「はい、分かりました」

一体なんの話なのだろう？　不安な気持ちのまま、私は食事を終えた。

――20時。

私は父の書斎の前に立っていた。重厚そうなマホガニー製の扉の奥に父がいる。緊張をとるために一度深呼吸すると、私は扉を叩く。すると少しの間のあと、扉が開かれた。

「来たか。入りなさい」

父は私を見下ろすと、無表情で声をかける。

「はい、お父様。失礼いたします」

部屋には2つの書斎机が置かれている。そのうち一つの書斎机の上には書類が散乱していた。

「レティシア。そこの書類を分別してまとめてくれ。やり方は分かるな？」

私は15歳の時から父の仕事の手伝いを始めていた。だからもう手順は分かっている。

「はい、分かりました」

なんの用事で呼び出されたのかと緊張していたけれども、結局は仕事の手伝いだったのかと思うと、少しだけ拍子抜けしてしまった。席に座ると、私は早速書類の分別を始めた。

仕事を始めて少しした頃、突然父が話しかけてきた。

「レティシア、フィオナのことについてだが……」

「え？」

いきなりの話に驚いて私は顔を上げた。すると父は、じっと私を見つめている。

「あの、なんでしょうか？」

私は自分の知らないところで、彼女に何かしてしまったのだろうか？　緊張が走る。

「フィオナがセブランのクラスに入ったと聞かされた時は驚いた」

「そうなのですか？」

それほど驚くことなのだろうか？　クラスは3クラスしかないのに。

その時――

ガチャッ！

突然扉が開かれ、驚いた私は顔を上げ……さらに驚いた。なんと扉を開けたのはイメルダ夫人だったからだ。

「なんだ？　いきなり扉を開けたりして。一体どうした？」

父がどこか咎めるような口調でイメルダ夫人に声をかけた。

「い、いえ。たぶんレティシアが来ているだろうと思って。私も話に混ぜてもらおうかと思ったのだけど……」

夫人は私が書類の整理をしている姿を見ている。

「見ての通りだ。私がレティシアに部屋に来るように命じたのは、仕事を手伝ってもらうためだ。イメルダ、君もやってみるか？　領主の仕事を手伝う妻は世間に多くいるからな」

「そ、そうですね。そのうちに教えていただきますわ。私はお邪魔のようですので、下がらせていただきますね。失礼しました」

そしてイメルダ夫人は、まるで逃げるように部屋を去っていった。

父はイメルダ夫人が部屋を出て行くさまをじっと見つめていたが、扉が閉ざされると、ため息をつく。その姿がなぜか腑に落ちなくて首を傾げた。

「話が中断してしまったな。私は学園側に、フィオナをレティシアと同じクラスに入れてもらえるように頼んでいた。なのに、まさかセブランのクラスに入るとは……」

「え？　そうだったのですか？」

あまりにも意外な話で、思わず目を見開いてしまった。

「フィオナはあの通り、行儀作法に全く疎い。お前と同じクラスならばお目付け役になってもらえるだろうと考えて、以前から学園に要望していたのに。なぜなのだろう？」

そして父はじっと私を見る。

「お父様、私は何も知りません。大体、フィオナが同じ学園に通うことも知らなかったのですよ？」

「そんなことは分かっている。ただ、なぜそうなったのか理由を知っているか尋ねてみたかったのだ。あの2人の前では聞けないからな」

なぜ、夫人とフィオナの前では聞けないのだろう？

「すみません。私は何も聞かされておりません」

「そうか。でもセブランが一緒なら、少しはマシかもしれないな」

そして父は再び仕事を始めた。

少しはマシ？　私の代わりにセブランにフィオナのお目付け役になってもらおうということですか？　私とセブランは将来婚約するかもしれないのに、彼の側にフィオナを置くつもりなのですか……？

そう、父に尋ねたかった。けれど私と父は普通の親子関係ではないので、聞くに聞けない。

私は言葉を飲み込んで、父から託された仕事をするしかなかった。

父の仕事の手伝いを終えると、21時半を過ぎていた。

「お父様、書類の分類が終わりました」

「ああ、ご苦労だったな。もう部屋に戻ってもいいぞ」

父は顔を上げることもなく、返事をする。

「はい、それでは失礼いたします」

挨拶を済ませて部屋を出ようとした時、背後から声をかけられた。

「レティシア」

「はい？」

振り向くと、父はじっと私を見つめている。

「何か？」

「……いや、なんでもない」

「そうですか？　では失礼いたします」

私はあらためて挨拶すると、今度こそ書斎をあとにした。

フィオナの部屋の前を通り過ぎ、自分の部屋の扉を開けようとした時。

――カチャ。

突然隣の部屋の扉が開かれ、フィオナが顔を現した。

「レティ、今までお父様のお部屋に行ってたの？」

あまりにもタイミングよく扉が開いたので、訝しく思いながらも私は頷いた。

「ええ、そうよ」

「ふ～ん、そう。それで一体どんな話だったの？」

なぜイメルダ夫人もフィオナも、私と父の会話を気にするのだろう？

「別に話というわけではなかったの。お父様の仕事の手伝いをしてきただけよ」

セブランとフィオナの話が出たことは、なぜか言う気にはなれなかった。

「……本当に仕事の手伝いだったの？　他に何か話があったんじゃないの？」

なぜかしつこくフィオナが尋ねてくる。

「いいえ、本当に仕事の話だけよ？　なんだったら、あなたのお母様に尋ねてみたらどうかしら。書斎に一度いらしたから」

「え？　お母様が？」

「ええ、そうよ。私とお父様が仕事をしている姿を見ているから」

「ふ～ん……そうだったのね。それじゃ今まで仕事をしていたのね？　ご苦労様」

ニコニコ笑みを浮かべるフィオナ。

「それじゃ、少し疲れたから私、もう部屋に戻るわね」

「そうね。ゆっくり休んで。明日も学校だし」

「ええ。おやすみなさい」

フィオナと挨拶を交わすと、私は自分の部屋の扉を開けた。

「なんだか疲れたわ……」

入浴を終えた私はベッドに横たわると、天井を見上げた。

フィオナとイメルダ夫人との生活は始まったばかりなのに、既に私の精神は疲弊していた。

「この生活、あと何年続くのかしら……」

早く家を出たい。

「セブラン……」

もしセブランと結婚できれば、この屋敷をすぐにでも出られるのに。彼の両親からは、私たちが18歳になったら正式に婚約させようという話が出ている。

けれど、今のままではもしかするとこの話は流れてしまうかもしれない。セブランはフィオナに惹かれているように見えるし、フィオナは初めから彼への好意を顕わにしている。

父にしたって、セブランに彼女のお目付け役をさせようとしているようにも思える。

そして一番の問題は、イメルダ夫人。

彼女は露骨なくらい、セブランとフィオナの仲を取り持とうとしている。もしくは、私に対する単なる当てつけかもしれない。

「私はこれからどうすればいいの……」

思わず、ポツリと言葉が漏れる。なぜか亡き母の顔が脳裏に浮かび、ため息をついた——

――翌朝。

今朝も私を除く3人は楽しそうに談笑しながら食事をしている。そして私は当然その会話に入ることはできない。そのうえ、時折刺すような瞳でこちらを見つめてくるイメルダ夫人。私にとって家族団らんの食事は、今や苦痛の時間になっていた。

当然食欲だって落ちてしまう。テーブルの前にはまだ料理が残っていたけれども、とてもではないがこれ以上食べられそうになかった。

フォークを置くと、フィオナが私の様子に気付いたのか、声をかけてきた。

「どうしたの？　レティ、もう食べないの？」

「え、ええ。もうお腹がいっぱいで」

「でも半分以上残っているじゃない」

するとイメルダ夫人が声をかけてきた。

「レティシア、こんなに美味しい料理を残すなんて贅沢だと思わないの？　ね、あなたもそう思うでしょう？」

夫人は父に同意を求めた。きっとまた、叱責されるに違いない。私は覚悟を決めたが、父の口から出たのは意外な言葉だった。

「食欲が湧かないのなら仕方ないだろう。まだ登校するまでには時間がある。食事はもういいから、部屋に戻っていなさい」

「お父様……」

まさか、退席することを許されるとは思わなかった。

「どうした？　部屋に戻らないのか？」

相変わらず感情の伴わない言い方ではあったけれども、今の私にとってこの言葉はありがたかった。

「すみません。それではお先に失礼します」

席を立つと、フィオナが尋ねてきた。

「ねぇ、学校には行けるわよね？」

「ええ、もちろん行くわ」

「よかった。なら、またあとでね」

「ええ。また」

そして私は部屋に戻った。


——8時。

そろそろセブランが迎えに来る時間だったので部屋を出ると、エントランスへ向かった。

扉を開けて外に出ると、既にセブランは到着しており、フィオナと楽しそうに話をしている。

2人とも私が出てきたことにはまだ気付いていない。

「セブラン……」

セブランとフィオナが笑顔で話している姿を見て、私の胸は苦しくなってきた。声をかけるタイミングを失っていると、セブランが私に気付いて手を振った。

「あ！　おはよう、レティ」

「おはよう、セブラン。遅くなってごめんなさい」

「いいよ。いつもより少し早く着いただけだから気にしないで」

笑顔で話しかけてくれるセブラン。彼は優しい人だから、誰にでも笑顔を向けてくれる。だからフィオナとセブランのことは、気にしてはいけない。無理に自分に言い聞かせる。

「それじゃレティも来たことだし、行きましょうよ」

フィオナがさり気なくセブランの腕に触れる。

「うん、そうだね、行こうか。2人とも、乗って」

「は～い」

「ええ」

私たちが乗り込むと、すぐに学校へ向けて馬車は走り出した。

「あのね。今朝お父様に言われたのだけど、私とセブラン様は同じクラスになったから、学校ではセブラン様のお世話になりなさいと言われたの」

「え？　そうだったの？」

セブランが目をパチパチさせる。

「ええ、そうなの。レティもお父様からその話、聞かされているでしょう？」

フィオナが私を見る。確かに昨夜、それらしいことは父に言われたけれども……一瞬言葉に詰まるも、返事をした。

「セブラン、私からもお願いします。フィオナのこと、よろしくお願いします」

これが父の願いであり、イメルダ夫人が望むことなのだから。

「分かった。それじゃフィオナが学校生活に慣れるまでお世話させてもらうよ。よろしくね」

「本当？　嬉しい！　ありがとう、セブラン様」

「そんなに喜ばれるとは思わなかったな」

フィオナがとびきりの笑顔を見せ、セブランの頬が赤く染まる。そんな2人の様子を私は心を殺して見つめるしかなかった……。

「それじゃ、レティ。放課後にね」

「またね、レティ」

私の教室の前でにこやかに笑顔を向ける、セブランとフィオナ。

「ええ、また放課後にね」

私が手を振ると、２人は仲良さげに自分たちのクラスへ入っていく。その様子を悲しい気持ちで見つめていると、不意に背後から声をかけられた。

「おはよう、レティシア」

「え？」

驚いて振り向くとイザークだった。今までほとんど彼から挨拶をされたことはなかっただけに少しだけ驚いた。

「お、おはよう。イザーク」

「何をしてるんだ？　教室に入らないのか？」

イザークはじっと見つめてくる。

「い、いいえ。入るわ」

「そうか、なら行くぞ」

「ええ」

イザークに促され、自分の教室に入ると、ヴィオラが声をかけてきた。

「あら？　珍しいじゃない。イザークと一緒に教室に入ってくるなんて。まさか一緒に……」

「そんなわけないだろう？　偶然、教室の入口で会っただけだ」

イザークは眉をひそめ、次に私を見る。

「レティシア、今日も委員会活動があるから遅れるなよ」

「ええ、分かっているわ」

頷くと、イザークは自分の席に行ってしまった。

「……やっぱりイザークって、何を考えているか分からないわ」

ヴィオラは首を捻っている。けれど私の頭の中はイザークのことよりも、フィオナとセブランのことでいっぱいだった。

その日は、ずっと憂鬱な気分で授業を受けていた。

私はヴィオラに心配をかけたくなかったので、彼女の前ではつとめて明るく振る舞っていた。それなのに、またつらい現実を目にしてしまうことになる。

それは昼休みの出来事だった。

私とヴィオラが学生食堂に来て、２人で料理の載ったトレーを持ってテーブル席を探していた時……。

「！」

窓際の席で向かい合わせに座って、楽しそうに食事をしているセブランとフィオナの姿を見てしまった。ショックで思わず体がこわばる。

「う～ん。なかなか空いてる席が見つからないわね……」

ヴィオラが話しかけてくるも、私はそれどころではなかった。

「セブラン……フィオナ……」

傍から見れば、2人はまるで恋人同士のように見えた。笑顔で話しかけているフィオナを優しげな目で見つめているセブランの姿を見ていると、胸が締め付けられてくる。

「どうしたの？　レティ……え！」

ヴィオラも私の見ている視線の先に気付き、驚きの声を上げた。

「な、何！　あれ！　セブランと一緒にいるのって……レティの異母妹でしょう？」

「え、ええ……そう……よ……」

トレーを持つ手が震えてしまう。

「一体なんなの、あの女！　それにセブランまで……私、文句言ってくるわ！」

ヴィオラはトレーを持ったまま、セブランたちの元に行こうとした。もしあの2人に文句でも言おうものなら、家に帰ったら叱責されてしまうかもしれない。

「ま、待ってヴィオラ。そんなことより、空いている席を探して食事しましょうよ」

自分の声が震えてしまうのが分かった。

「え？　……でも……」

「おい、そこの２人」

その時、不意にすぐ近くで声をかけられた。

「え？」

振り返ると、テーブル席に座っているイザークの姿がある。

「イザーク……？」

私が名前を呼ぶと、ヴィオラも気付いたのか振り返った。

「あら、イザークじゃない。何か用？」

「席を探しているんだろ？　俺のテーブル席が空いている。座ったらどうだ？」

確かにイザークが座っている丸テーブル席は椅子が２つ空いている。

「「……」」

私とヴィオラは顔を見合わせ、頷いた。

「そうね。ならお言葉に甘えようかしら？」

「座らせてもらえる？」

ヴィオラに続き、私はイザークに声をかけた。

「ああ、他の誰かにとられる前に座れよ」

「まったく……！　セブランもあの女も本当に気に入らないわ！」

席に着くやいなや、ヴィオラは苛立った様子で食事を始めた。

「そ、そうね……」

するとイザークが話に加わってきた。

「セブランがどうかしたのか？」

「そうよ！　セブランよ！　レティの異母妹と一緒に食事をしているなんて信じられない！」

ヴィオラは憤慨した様子で説明する。

「……でも、セブランは……転入生のフィオナのお世話をしているだけだから……私からもお願いしたし」

「え……？」

その言葉にイザークが顔を上げて私を見つめ、ヴィオラは詰め寄ってきた。

「そうなの？　でも、なんで？」

そこで私は、なぜこのようなことになってしまったのか、今までの経緯を説明した。

「で、でも、だからと言って……」

ヴィオラは納得がいかないのか、まだ何か言いたげだ。するとイザークが口を挟んできた。

「よせよ。レティシアが自分で決めたことなんだから、口出ししても仕方ないだろう。それより早く食べよう。今日は裏庭の花壇の手入れがあるんだから」

「そうだったわね。ごめんなさい。２人は今日も美化委員の活動があったのよね？」

ヴィオラが慌てた様子で謝ってきた。

「ええ、そうね。早く食べないと」

ひょっとしてイザークは気を利かせて、今の話を中断させてくれたのだろうか？　私は相変わらず無表情で食事を口に運んでいるイザークをそっと見つめた。


食後、私はヴィオラと別れて、イザークと裏庭の花壇の手入れをしていた。園芸用エプロンに軍手をはめたイザークは一生懸命花壇の雑草を取り除いている。彼も私と同じ伯爵家の令息、自宅で庭仕事などおそらくしたことがないはずなのに……。

すると私の視線に気付いたのか、イザークが顔を上げた。

「なんだ？　何か用か？」

「いいえ。ただ、一生懸命に仕事しているなと思って」

「当たり前だ。一度引き受けたからには最後まで責任を持ってやらないと。そんなのは当然のことだろう？」

「そうね。でもイザークも美化委員の仕事が好きだとは思わなかったわ」

「……別に好きというわけじゃない」

ポツリと呟くように答えるイザーク。

「え……？　そうだったの？　てっきりあなたも園芸が好きなんだと思ったけど」

なぜ好きでもない美化委員になったのだろう？

「役員決めをした時、美化委員に手を上げたのはレティシアだけだっただろう？」

「え？　ええ。そうだったわね」

新しいクラス編成になって、委員会の委員の選出が行われた。それぞれの委員会は各クラスから代表で2名選出されることになっていたが、美化委員に手を上げたのは私しかいなかった。

全員貴族の生徒たちは、美化委員の仕事をやりたがらなかったのだ。

「ヴィオラは既に広報委員に決まっていたし、他に誰も美化委員に手を上げなくて、困っていただろう？　だから俺がやることにしたんだよ」

「そうだったの？　ごめんなさい……」

まさかイザークがそんな理由で美化委員になったなんて。申し訳ない気持ちになる。

「なぜ、そこで謝るんだ？」

不思議そうな顔をするイザーク。

「え？　だって……なんと……なく？」

なんとなく、私が困っているから手を上げてくれたのでしょう？　と言うのは気が引けた。

それではまるで自分が自惚れているように思われてしまうかもしれないから。

「なんだ？　なんとなくって。別にレティシアは何も悪くないだろう？　どのみち、全員何らかの委員会に所属しないといけないんだから。俺は特にやりたい委員会がなかった。だから美化委員になっただけだ」

淡々と語るイザークは……やっぱりよく分からなかった。でも分かったことは、彼がとても責任感の強い人だということだった。

そしてその後も、私とイザークは花壇の手入れを続けた。


――カーンカーンカーン。


昼休み終了10分前の鐘が鳴り響いた。

「……よし、終わったな。用具の片付けをしよう」

イザークが雑草の入った麻袋の口紐を縛りながら声をかけてきた。

「ええ、そうね」

用具を片付けていると、じっとイザークが私を見つめている。一体どうしたのだろう？

すると、イザークは無言で近づいてくると、私の顔に手を伸ばしてきた。

「な、何？」

いきなり至近距離に近づいてきて手を伸ばされた私が、焦って一歩後ろに下がった時――

「髪」

「え？」

「髪の毛に葉っぱがついている」

イザークは私の髪に触れると葉っぱを摘んだ。

「あ……葉っぱね……」

びっくりした……思わず安堵の息を吐いた時。

「……プッ」

突然いつも無表情のイザークが口元に笑みを浮かべた。

「え？」

驚いた次の瞬間には、元通り無愛想な彼に戻っている。

「それじゃ用具を片付けに行こう」

イザークはそれだけ言うと、麻袋を持って歩き出した。

「え、ええ」

スコップが入った袋を持つと、私も彼のあとを追った。

第4章　足の怪我

イザークと話をして、少しだけ私は、フィオナとセブランのことを割り切れるようになった。

そう、セブランがフィオナに親切にしているのは責任感から。だから親身にフィオナに接しているに違いないと、自分を納得させることにしたのだった。そう思わなければ、２人の前で平静でいられなかったからだ。

フィオナとセブランの距離はますます近くなる半面、私は彼との距離が離れていくのを実感せざるを得なかった。屋敷の中では私一人が家族の輪にいまだに入ることができず、登下校ではフィオナとセブランの仲の良さを見せつけられるというつらい日々を送っていた。

唯一、私が息をつけるのは学校で過ごす時間だった。けれどその時間ですら、セブランとフィオナの仲が良さそうな姿を見かけるたびに、私は胸を痛めていた。

それはフィオナとイメルダ夫人が現れてから、半月ほど経過したある日のことだった。この

日は朝から体調が悪く、朝食も半分近く食べることができなかった。

「……ねぇ、大丈夫？　レティ」

登校してきた私に朝一番、ヴィオラが声をかけてきた。

「おはよう、ヴィオラ。朝から突然どうしたの？」

カバンを置いて着席すると、ヴィオラは私の顔を覗き込んできた。

「なんだか調子が悪そうに見えるわ。目の下にクマもあるし」

言われてみると、なんだか今朝はフラフラする。最近、夜もあまり眠れなくなっていた。そのせいかもしれない。

「え、ええ。昨夜遅くまで本を読んでいたからかもしれないわ。つい、夢中になってやめられなくなってしまったのよ」

大切な親友を心配させたくなかったので、私は咄嗟に嘘をついた。

「本当にそうなの？」

「もちろん本当よ」

「レティがそう言うなら信じるけど……夜はちゃんと寝た方がいいわよ？」

「そうね。これから気をつけるわ」

私は笑みを浮かべて返事をした。

4時限目は美術だった。今日は外で自分の好きな景色を写生するということで、私たちは校舎の外へ向かって歩いていた。

「はぁ～美術の時間は本当に憂鬱だわ。大体私は絵を描くのが苦手なのよ。絵なんか描けなくたって勉強には関係ないのに」

隣を歩くヴィオラがため息をつく。

「確かにそうかもしれないけど……私は美術の時間は好きよ」

「レティは手先が器用で、絵を描くのも上手よね。もう何を描くかは決まっているの？」

「花壇の絵を描こうと思っているわ。やっぱり自分で手入れした花壇の絵を描いてみたくて」

「そうなの？　それじゃ私も同じ場所で絵を描こうかしら」

「ええ、一緒に描きましょう」

階段を降りながら話をしている時、ハンカチを落としてしまった。

「あ、いけない」

拾い上げて、立ち上がろうとした時。

「……え？」

突然周りの音が遠くに聞こえ、気が遠くなってくる。

最後に見た光景は、驚いたように私を見つめて手を伸ばすヴィオラの姿と、そして……。

暗い……私は暗い闇の中にいた。

『ここはどこなの……？　暗くて何も見えないわ……』

辺りを見渡してみると、遥か前方にぼんやり明るい光が見える。もしかして、あれは出口なのかも……！

私は急いで光の方向へ向かって駆けた。徐々に光が大きくなっていき……。

『え……？』

思わず足を止めてしまった。

そこには、親しそうに腕を組んで歩くセブランとフィオナの姿があった。２人は私に気付く様子もなく、光の方角へ歩いていく。

『あ……待って！　私も一緒に行くわ！』

大きな声を上げて追いかけようとすると、不意に２人が振り返った。

『ごめん、レティ。僕はもう君を婚約者にすることはできないよ。フィオナが好きなんだ』

『ごめんね、レティ。私、セブラン様と離れたくないの。だから譲ってもらうわね。お父様も私とセブラン様の婚約を望んでいるのよ』

耳を疑うセブランとフィオナの言葉に愕然（がくぜん）とする。

『そ、そんな……嘘でしょう……？　セブラン……フィオナ……』

けれど2人はもう私を気にかけることもなく去っていく。それと同時に光も徐々に小さくなる。

『待って！　お願い！　置いていかないで！』


「あ……」

不意に目が覚めた。見覚えのない白い天井。周囲は白いカーテンで覆われている。

「え……？　ここは……？」

ベッドから起き上がろうとした時、右足首に痛みが走った。

「い、痛っ！」

すると目の前のカーテンがシャッと開けられ、黒髪に白衣姿の女性が姿を見せた。この人は医務室の先生だ。

「よかった、目が覚めたのね。覚えている？　あなたは立ち眩(くら)みを起こして気を失ってしまったのよ。あら……どうしたの？　どこか痛むの？」

先生が顔を覗き込んでくる。

「え……？」

一体なんのことだろう？　目をこすろうとして、自分の頬が涙で濡れていることに気付いた。

「え？　私……泣いて……」

「あら？　泣いていたことに今気付いたの？　でもよかったわ。もう少しで階段から転げ落ちるところだったのよ。助けてくれた人に感謝しないとね」

「助けてくれた人？」

一体誰だろう？

「それよりもどう？　家に帰れそう？　そろそろ授業が終わる時間だけど」

「今、何時ですか？」

「15時半になるところよ」

「15時半……？」

確か美術の授業のために外に出たのが11時頃。私は3時間半も医務室で過ごしていたのだ。

「大丈夫？　まだ頭がボンヤリしているみたいだけど……でも授業が終わったら迎えに来ると言っていたから、それまで休んでいるといいわ」

「迎え……ですか？」

誰が迎えに来てくれるのだろう……？

「他にどこか具合が悪いところはないかしら？」

「あ、そう言えば、実は右足首が痛むのですけど」

「え？　なんですって。ちょっと見せてちょうだい」

「はい」

上掛けをめくって、右足の靴下を脱ぐと、足首が腫れている。

「これは……」

先生は慎重に足首に触れると眉をひそめた。

「どうやら、足首を捻ってしまったみたいね。今手当てしてあげるわ」

そして先生は腫れている部分に湿布を貼ると、包帯で固定してくれた。

「治るのに2週間くらいかかると思うわ。治るまでは安静にしているのよ？　医務室に松葉杖があるから貸してあげましょう」

「ありがとうございます」

その時、音を立てて医務室の扉が突然開かれた。

「レティ！」

「え……？」

部屋に飛び込んできたのは、息を切らせたセブランだった。

「セブラン……どうしてここに？」

まさか迎えとは、セブランのことだったのだろうか？

嬉しさのあまり、顔がほころびかけ……次の瞬間、再び私の顔は凍りつく。

「レティ！　大丈夫なの⁉」

セブランのすぐ背後から、フィオナが顔を覗かせたのだ。

「レティ、大丈夫だったのかい？　美術の時間に階段から転げ落ちそうになって意識を失ったとイザークから聞かされて驚いたよ」

セブランはベッドの側までやってきた。

「え？　イザークが？」

すると、フィオナが頷く。

「ええ、そうよ。放課後にイザークという人が私たちの教室にやってきたのよ」

「そうだったの？」

私たちの教室……その言葉にチクリと胸を痛めながら返事をする。

「イザークがね、レティが貧血を起こしたので医務室まで運んだから、放課後、迎えに行ってあげてくれって知らせにきてくれたんだよ」

「あの人、レティのことずいぶん気にかけてくれているのね？」

フィオナの言葉が妙に気になる。

「たぶんクラスメイトとして気にかけてくれたのよ。それにイザークとは同じ美化委員だし」

けれど、イザークが助けてくれたのなら、明日にでもお礼を言わないと。

その時――

「失礼します。友人のカバンを持ってきたのですけど」

カーテン越しに声が聞こえてきた。その声はヴィオラだった。

「あら、持ってきてくれたのね。友達なら目が覚めたわよ」

「え！　本当ですか！」

先生が声をかけると、ヴィオラが驚きの声を上げて駆け寄ってくる気配を感じた。

「レティ！」

カーテン越しからヴィオラが顔を覗かせ、一瞬で表情がこわばる。

「セブラン……それに、あなたは……」

「はじめまして。私はレティの妹のフィオナです。セブランとは同じクラスなのよ。あなたの名前も教えてくれる？」

フィオナはニコニコしながら、ヴィオラに挨拶する。

「……私はヴィオラよ。レティとは大の親友なの」

そしてすぐに、ヴィオラは私に視線を移す。

「レティが無事でよかったわ。階段から落ちそうになった時は本当に驚いたわ。イザークが咄嗟に助けてくれなければ、どうなっていたか……あら？　足に包帯が巻かれているじゃない。もしかして怪我したの？」

「え、ええ……そうなの。少し捻ってしまって」

「え？　そうだったの！」

その時に初めてセブランは、私が怪我をしていることに気付いたようで足首を見た。

「本当だ……大丈夫？　レティ」

「まぁ、怪我をしていたのね？」

フィオナも私の足を見る。

「そうよ。治るまでには2週間くらいかかるから、松葉杖を貸してあげましょうと話していたところなのよ」

医務室の先生の言葉に、ヴィオラがとんでもないことを言ってきた。

「そうだったのね……だったら、セブラン。馬車のところまでレティをおんぶしてあげたら？」

「え？　僕が？」

「そ、そんな……いいわよ。松葉杖を借りるから」

校内でセブランにおんぶしてもらうのは、なんだか気恥ずかしい。

「本人が松葉杖を借りると言ってるのだから、いいじゃない。荷物なら私が持ってあげるし」

フィオナがセブランの袖を掴みながらヴィオラを見る。

「ちょっと待って。私はセブランに話しているのよ？　あなたには何も聞いていないわ」

「レティ、学校内をセブラン様におんぶしてもらって歩くのって……恥ずかしくないの？」

じっと私を見つめながら、フィオナが問いかけてくる。

「それは……」

「レティは足首を怪我しているのよ？　大事にした方がいいでしょう？」

フィオナの言葉にヴィオラは目を釣り上げた。

「だけど恥ずかしい思いをするのはレティだけじゃないわ。セブラン様のことを考えてみたらどうなのかしら？」

セブランのことを考えてみたら……？　その言葉にドキリとする。

「セブラン……」

セブランを見ると、彼は困ったように目を伏せている。そこへフィオナがセブランに訴えた。

「セブラン様、校舎内でレティをおんぶして歩くと、みんなから注目されてしまいますよ？そんなの恥ずかしいとは思いませんか？」

「そ、それは……」

言葉に詰まるセブラン。

「ちょっと！　あなた、さっきから何を言ってるのよ！」

「私は今、セブラン様に尋ねているのよ」

フィオナが口を尖らせたその時。

「いい加減にしなさい、あなたたち」

それまで黙ってことの成り行きを見守っていた医務室の先生が口を開いた。

「「……」」

その言葉に黙るフィオナとヴィオラ。

「いいですか？　もともと私は彼女に松葉杖を貸し出す予定でした。松葉杖をつけば、片側の足が不自由でも歩けますからね。でも……確かに誰かにおんぶしてもらうのが一番だと思いますが」

「分かりました……レティ、僕が君を馬車までおんぶしてあげるよ」

するとセブランが笑顔で申し出てくれた。

「そんな！　セブラン様……！」

フィオナが縋るような視線をセブランに向ける。家に帰ったらイメルダ夫人に言いつけるかもしれない。私が無理やりセブランにおんぶしてもらったと。それだけは嫌だった。

「大丈夫よ。私、松葉杖をついて歩くから」

「レティ！　何を言ってるのよ！」

ヴィオラが驚きの顔で私を見る。

「どうせ家に戻れば松葉杖をついて移動しなければならないでしょう？　一度も杖を使ったことがないから、練習のためにも松葉杖を使って歩いた方がいいと思うの」

「本当にそれでいいの？」

心配そうな顔のヴィオラ。

「確かに、早く慣れるためには松葉杖を使った方がいいかもしれないけれど……」

医務室の先生が私を見つめる。

「フフ、やっぱりレティならそう言うと思っていたわ。やっぱり早く慣れるためにも松葉杖を使うべきよ。セブラン様もそう思いますよね？」

「そ、そうだね」

フィオナに促されて返事をするセブラン。……セブランは分かっていないだろう。私が今どれほど悲しい思いを抱えているかを。

「分かったわ。なら馬車乗り場まで見送らせてもらうわ。レティ、私がカバンを持つわよ」

「ありがとう、ヴィオラ」

すると再び医務室の先生が声をかけてきた。

「話はまとまったようね？　それではレティさん、松葉杖を貸してあげるわ」

先生は壁に立てかけてあった松葉杖を持ってくると差し出してきた。

「はい、どうぞ」

「ありがとうございます」

私は慣れない手つきで松葉杖をついて立ち上がった。

「それじゃ、レティ。帰ろう？」

セブランがためらいがちに声をかけてきた。

「ええ、帰りましょう」

そして私たちは医務室をあとにした。


初めて使う松葉杖は扱うのが大変だった。

「大丈夫？　レティ。それにしてもあの２人は冷たいわね。レティは松葉杖をついて歩くのに慣れていないっていうのに……」

私たちの前方にはセブランとフィオナが歩いている。２人は何か話しているのか時折笑い合っている。

「いいのよ。保健室まで来てくれたのだから」

「だけど……！」

その時……。

「レティシア！」

背後で声が聞こえ、振り向くとイザークが立っていた。いつもの無表情の彼とは違い、その顔には驚きの表情が浮かんでいる。

「イザーク……」

私を含め、その場にいる全員が彼を振り返った。

「レティシア、その足はどうしたんだ？　まさかあの時、怪我をしたのか？」

イザークは大股で近づいてきた。

「ええ、そうみたいなの。あ、そうだわ。イザーク、あなたが階段から落ちそうになった私を助けてくれたのでしょう？　保健室にも運んでくれたし、セブランにも知らせてくれたのよね？　ありがとう」

笑みを浮かべてお礼を述べるも、なぜかイザークの目つきは鋭い。

「そんなことはどうでもいい。ただ単に近くにいただけだから。誰だって目の前の人が突然倒れたら同じ行動をとっていただろう？　それよりなぜ、松葉杖で歩いているんだ？」

するとと、ヴィオラがすかさず答える。

「レティは右足首を捻ってしまったのよ。松葉杖をついてしか歩けなくなってしまったので、私が荷物を持ってあげてるのよ」

ヴィオラの話を無言で聞いていたイザークは、次にセブランに視線を移した。

「セブラン。俺がなぜお前にレティシアが保健室にいるのを教えたのか分かっているのか？」

「も、もちろんだよ」

頷くセブラン。

「だったら、なぜ手を貸してやらない？　それどころか、荷物すら持ってやらないなんて」

明らかにイザークはセブランに怒っているようだった。……そんなに怒るほどのことなのだろうか？

「それは、ヴィオラさんがレティの荷物を持つと言ったからよ」

「俺は君になんか尋ねていない。セブランに聞いているんだ」

フィオナの言葉に、イザークはますます不機嫌になる。フィオナは彼の迫力に押されたのか、セブランの陰にサッと隠れてしまった。

不穏な空気になったので、私は慌ててイザークに声をかけた。

「待って。セブランは私を背負ってくれようとしたのよ？　だけど、私が断ったの。ほら、当分松葉杖で歩かないといけないから練習のためにって。そうよね？　セブラン」

「え？　あ……う、うん。そうなんだ」

「何言ってるのよ！　医務室の先生に言われたからでしょう！」

そこへ再びヴィオラがセブランを非難する。

「チッ！」

イザークは舌打ちすると、私を見た。

「レティシア、松葉杖の練習なら家でやれ。転んだらどうする？」

そして私の前に回ってくると、突然背中を向けてしゃがんだ。

「え？　な、何？」

あまりの行動に戸惑う私。

「何？　じゃない。ほら、おぶされ」

「イザーク！　何を言うの⁉」

「いいから、早く乗れ。いつまで俺にこんな格好をさせるつもりだ？」

イザークは私を振り返る。……なんだかその表情はひどく不機嫌だ。こんな不機嫌そうな人に背負ってもらうなんて……。セブランとフィオナは呆然（ぼうぜん）としている。

「何してるのよ、ほら。おんぶしてもらいなさい。杖は預かるから」

するとと、ヴィオラが左手の松葉杖を取り、軽く私の背中を押した。

「キャッ」

そのままイザークの背中に倒れ込むと、彼は私の両ひざを抱え上げて立ち上がる。

「はい、もう片方も預かるわ」

ヴィオラは右手からも松葉杖を取ってしまった。

「ちょ、ちょっと！　降ろして！　イザーク！」

「おい、暴れるな。落とされたいのか？」

その言葉に思わずビクリとし、私は慌てて首を左右に振る。

「はい、セブラン。レティの松葉杖を持つのはあなたの仕事よ」

ヴィオラは呆然としているセブランに松葉杖を手渡す。

「う、うん……」

セブランが杖を受け取るのを見届けると、イザークが声をかけた。

「よし、馬車乗り場まで行くぞ」

そうして奇妙な雰囲気の中、私は彼に背負われたまま馬車乗り場へ向かうことになった。

「ごめんなさい、イザーク。背負ってもらって……あ、あの……私……重い……でしょう？」

恥ずかしさのあまり、最後の方は消え入りそうな声になってしまう。

「別に謝ることはない。それに少しも重くなんかないぞ？　むしろもっと食べた方がいいんじゃないか？」

私を振り返ることもなく答えるイザーク。思わず黙ると、ヴィオラが彼に声をかけた。

「イザーク、どうしてあの場所にいたの？　校舎の出入り口とは反対じゃないの？」

「それは……セブランがレティシアを迎えに行ったのか気になったからだ」

「ふ～ん……そうなの」

ヴィオラは頷き、前方を歩くフィオナとセブランを見てため息をついた。

「まったく、何よ。あの2人ったら。少しはレティに気を使えばいいじゃない」

「……そうだな」

するとイザークが同意した。てっきり「そんなことはどうでもいい」と答えるかと思っていただけに驚いた。

けれど今は、もっと気になることがあった。それは、廊下をすれ違う学生たちが私たちを好奇心いっぱいの目で見ているからだ。中には私とセブランのことを知っている学生たちもいて、驚いた様子で目を見開いてこちらを見ている。

「イザーク。やっぱり私、歩くわ。降ろしてくれる？」

「何言ってるんだ？　その足で歩くなんて駄目だ」

まさか即答されるとは思わなかった。

「でも……なんだかすごく目立っているみたいだし……イザークに迷惑をかけているわ」

「他人の目なんか気にするな。それに別に迷惑だとは思っていない」

相変わらず無愛想に返事をするイザーク。

「そうよ。レティは足を怪我しているんだからこの際、イザークの好意に甘えなさいよ。それにしても本来ならセブランがレティをおんぶするべきなのに。まったく……」

ヴィオラはよほど気に入らないのか、前方を仲良さげに歩くセブランとフィオナを睨みつける。けれどイザークは、そのことについては返事をしない。代わりに私に声をかけてきた。

「レティシア、足の痛みは大丈夫か？　……響いて痛むなら、もっとゆっくり歩くぞ？」

「ええ？　だ、大丈夫。平気よ。その……ありがとう」

まさか私の足の痛みを気にかけてくれるとは思わなかった。

「ふ～ん。イザーク、あなたって意外といい人なのね」

「……なんだ、その意外とって」

ヴィオラの言葉に無愛想に返事をするイザークに対し、少しだけ思った。人というのは見かけによらないものだと。

そして私は再び、楽しげに話をしながら前を歩くセブランとフィオナを見つめ、心の中でため息をついた。


馬車乗り場に到着し、イザークに乗せてもらうと、セブランが彼にお礼を言った。

「ありがとう、イザーク。レティを馬車までおんぶしてくれて」

「だったら、お前が初めからおぶってやればよかっただろう？」

相変わらず無愛想な顔のイザーク。

「うん……そうだよね。ごめん。レティ」

セブランが申し訳なさそうに謝ってくる。

「いいのよ、セブラン。最初に断ったのは私の方だから」

「そうよ、セブラン様は……」

私のあとに、フィオナが頷きかけて口を閉ざした。なぜなら、ヴィオラがフィオナを睨んでいたからだ。

「そ、それじゃ私たちも馬車に乗りましょう？」

フィオナが慌てたようにセブランに声をかける。

「うん。そうだね」

するとヴィオラがフィオナを見た。

「フィオナさん」

「何？　ヴィオラさん」

「これ、レティのカバン。あなたに渡すから、持ってあげてよ」

ヴィオラはフィオナに私のカバンを押し付けた。

「ええ、分かったわ。レティ、私が持っていってあげるわね？」

「ありがとう、フィオナ」

馬車の扉が閉ざされると、私は窓から顔を出した。

「ありがとう、ヴィオラ、イザーク」

「お礼なんかいらないわ。私たち、親友でしょう？」

笑顔のヴィオラとは対照的な顔のイザークが返事をする。

「足、大事にしろよ」

「え？　ええ」

そこへ、セブランが声をかけてきた。

「もう馬車を出してもらってもいいかな？」

「ああ。早く帰った方がいい」

イザークの言葉にセブランは頷くと、男性御者に声をかけた。

「馬車を出してください」

その言葉に御者は頷くと、馬車はガラガラと音を立てて出発した。

「今日は本当にごめんね。レティ。僕がもっと気を利かせていれば……」

馬車の中ですっかり落ち込んだ様子のセブランが謝ってきた。

「いいのよ、セブランは何も悪くないから気にしないで」

こちらをじっと見つめるフィオナの視線を気にしながら、私は笑顔で頷いた。

この日ばかりはセブランもフィオナも、私に悪いと思ったのか、馬車の中で何かと話しかけてきた。けれどその内容は、あまり気分がいいものではなかった。

「ねぇ、あのイザークさんって人は、レティとどういう関係なの？」

好奇心いっぱいの目でフィオナが尋ねてくる。

「だから、さっきから話している通り、単なるクラスメイトよ。あと、同じ美化委員なの」

先ほどからフィオナにイザークのことばかり尋ねられて、辟易(へきえき)していた。

「美化委員？　どんなことをするの？」

するとセブランが代わりに答える。

「美化委員というのは、主に校内の花壇の手入れをする仕事だよ。植物の世話だから、美化委員だけは1年間同じ委員会に所属するんだよ」

「へ～。あの人、あんな強面なのに、花壇のお手入れなんかするのね。なんだか意外だわ。ひょっとして、レティが美化委員だから自分もなったのかしら？　そう思わない？　セブラン様」

　あろうことか、フィオナはセブランに話を振ってきた。

「ちょ、ちょっと……フィオナ」

「え？　僕にそれを聞くの？」

　セブランは驚いた顔つきになり、私をチラリと見た。まさかセブランも同じ考えを……？

　私は息を呑んで彼の言葉を待つ。

「う～ん……イザークは中等部の頃から知っているけど、彼はああ見えても面倒見がいいんだよ。だから美化委員になったし、レティのことも放っておけなかったんじゃないかな？　僕はそう思うよ」

「セブラン……」

　彼の無難な言葉に、心の中で安堵のため息をつく。

「そうなの？　私にはどう見てもレティを特別扱いしているように思えるのだけど……でも、セブラン様がそう言うなら別にいいわ」

「ええ、そうよ。私とイザークは単なるクラスメイトだから」

いい加減、この話を終わらせたい……そう思っていた矢先、セブランが声をかけてきた。

「もうそろそろ馬車が到着するね。レティ、僕が君を降ろしてあげるよ」

「本当？　ありがとう、セブラン」

「そうね。流石にその足で馬車を降りるのは……難しいものね」

フィオナはしぶしぶ頷いたように思えた。

馬車が到着し、セブランに抱き上げてもらいながら馬車を降りると、素早くフィオナが松葉杖を差し出してきた。

「はい、レティ。使うでしょう？　松葉杖」

「いいんだよ、僕がレティを屋敷まで運ぶから。その代わりフィオナは杖を持ってきてくれるかな？」

まさか、セブランが私を屋敷まで運んでくれるとは思わず、嬉しさのあまり笑みが浮かぶ。

「ありがとう、セブラン」

「そうなの？　分かったわ」

フィオナはまだ何か言いたいことがあるのか、チラリと私を見たけれども、それ以上のことは何も口にしなかった。安堵のため息をついたその時、扉が開いてイメルダ夫人が現れた。

「お帰りなさい、フィオナ。それに……どうしたの？　レティシア。セブラン様に抱き上げられて馬車を降りてくるなんて？」

その声はどこか非難めいて聞こえる。夫人は私の足の怪我が目に入らないのだろうか？

「あ、あの、これは……」

私が言いかけた時、フィオナが口を挟んできた。

「お母様、レティは今日学校で足首を怪我してしまったの。それでセブラン様が馬車から降ろしてくれたのよ」

「まぁ、そうだったの？　それでセブラン様が……どうもわざわざレティシアのために、ありがとうございます」

夫人がセブランにお礼を言う。

「いいえ。僕の方こそ、気が利かずにレティを困らせてしまいました。ごめんね、レティ」

「セ、セブラン……」

そのような言い方は、イメルダ夫人に変な誤解を与えてしまうのではないかと、私は内心ハラハラしていた。

「も、もうあとは松葉杖を使って歩くから大丈夫よ。セブラン、降ろしてくれる？」

「え？　だけど僕は、君を部屋まで運ぶつもりだったのだけど……」

その時――

「レティシア！　一体どうしたのだ!?」

突然声が響き渡り、振り向くと扉の奥から父が出てきた。

「あ、お父様……いらっしゃったのですか？」

セブランに抱き上げられたまま父に尋ねた。

「今日は書斎で仕事をしていたのだが……足に包帯をしているな？　怪我をしたのか？」

「こんにちは、伯爵。レティシアは学校で怪我をして、一人では歩けないので、僕が部屋の中まで連れていってあげようと思っていました」

セブランが私の代わりに答える。

「そうか……悪かったね、セブラン。あとは私がレティシアを部屋へ運ぶ」

思いがけない父の言葉に驚いた。

「あなた!?」

夫人の驚きの声が響く。

「え？　お父様？　ほ、本気ですか？」

「当然だ。いつまでもセブランに抱き上げてもらうわけにはいかないだろう？　セブラン、娘を渡してくれ」

「はい。伯爵」

私はわけが分からぬままセブランからお父様の腕に渡された。

「セブラン、私を運んでくれてありがとう」

「いえ。それでは皆さん、僕はこれで失礼いたします」

セブランは私たちに挨拶すると、馬車に乗って帰っていった。

「よし、ではいくぞ」

「は、はい……お父様……」

そして私は父に抱きかかえられながら、部屋へ連れていってもらうことになった。

背後から杖を持ったフィオナとイメルダ夫人の刺すような視線を感じながら……。


「お父様、レティは歩く練習が必要なので、降ろしてあげたらどうですか？」

松葉杖を持って、あとをついてくるフィオナ。

「そうですよ、あなた。フィオナの言う通りです。足が治るまでの間、運んであげるなんて無理でしょう？　お仕事だってあるでしょうし。それにレティシアだって気を使ってしまうわよ。

そうよね？　レティシア」

背後からイメルダ夫人が私に話を振ってきた。

「え？　そ、それは……」

どうしよう。私から父に言い出したことではないのに。だからといって、自分で歩くので降ろしてくださいと言おうものなら、父から非難されてしまうかもしれない。

返事に詰まり、腕の中で父の顔をそっと窺うと、父は私を見ることもなく答えた。

「だが、レティシアは今日怪我をしたばかりなのだ。何もすぐに無理させることもあるまい」

「「……」」

その言葉に流石のフィオナも夫人も黙ってしまった。

やがて私の部屋の前に到着すると、父がフィオナとイメルダ夫人に話しかけた。

「お前たちはもう戻っていなさい。少しレティシアと話があるから」

「え？　でもお父様……」

「お父様が仰っているのだから、私たちは行きましょう」

まだ何か言いたげなフィオナに、イメルダ夫人が肩に手を置く。

「はい……分かりました。またね、レティ」

フィオナが笑顔で私に手を振る。

「ええ、またあとで」

2人が去っていくと、父が私に尋ねてきた。

「レティシア。扉を開けられるか？」

「はい」

両手が塞がっている父の代わりに扉を開けると、私を抱きかかえたまま父は部屋の中に入った。父は私をベッドに下ろすと、じっと見つめてくる。

「あ、あの……お父様……？」

今までこんなに間近で見つめられたことがないので戸惑ってしまう。すると……。

「レティシア。……少しだけ待っていてくれ。時間をくれるか？」

「え？　待つって……一体何をですか？」

「その足では屋敷の中を歩き回るのは大変だろう。治るまで自分の部屋で食事をとるといい」

「お父様……」

一人きりの食事……本来であれば寂しいという感情が込み上げてくるのかもしれないが、私の場合は違う。あの食事の場は、私にとっては息が詰まる空間でしかなかった。除け者状態で食事するくらいなら、いっそ一人で食事をとった方がどんなにかいいのにと思っていた。

けれど申し出ることができなかった。そんな申し出をすれば、全員から非難の目を向けられてしまいそうで、怖くて言い出せずにいたのだ。

それが、足が治るまでの間はこの部屋で食事をとることを父から許されるとは思いもしていなかった。

「はい、分かりました。お父様」

「一応部屋に松葉杖を置いておくが、誰か人の手助けが必要な時は呼び鈴を鳴らしなさい。すぐに使用人をお前の部屋に向かわせるように指示を出しておこう」

「ありがとうございます、お父様」

あらためて礼を述べると、父は無言で頷き、部屋を出ていった。

扉が閉ざされ、一人になると私はため息をついてベッドに横たわった。

「ふぅ……やっぱりお父様との会話は緊張するわ……」

なぜ父は今まで私のことを気にかけたことすらなかったのに、突然人が変わったかのように態度を変えたのだろう？

それに「待っていてくれ」とは一体どういう意味なのだろう？

「分からないことだらけだわ……」

思わずポツリと言葉が口から洩れる。

そして、夕食は文字通り一人きりの食事だった。

久しぶりにゆったりした気持ちで食事をとることができたおかげか、この日は久しぶりに残さず食べることができたのだった——

第5章　セブランの両親

——翌朝。

朝食後、登校するカバンをリュックサックに交換すると、早速背負ってみた。

「……大丈夫そうね。これなら松葉杖をついて一人で歩けそう」

時計を見ると、そろそろセブランが迎えに来る時間が迫っていた。

「慣れない松葉杖だし……早めに出た方がいいわね」

昨夜も寝る前に松葉杖で歩く練習をしてみたけれども、まだまだ不慣れで、思うように扱えなかった。

「なるべくみんなに迷惑かけないようにしないと」

松葉杖を手に取って、扉に向かった時……。

——コンコン。

不意に扉がノックされた。一体誰だろう？

「はい、どなたですか？」

ちょうど近くにいたので声をかけてみた。

『僕だよ、セブランだよ』

「え？　セブラン？　どうぞ」

驚きながら返事をすると扉が開いて、セブランが姿を現した。

「おはよう。レティ」

「まぁ、セブラン。どうしたの？」

今まで部屋までは迎えに来たことがなかった彼の姿に驚く。

「レティが足を怪我しているから、部屋まで迎えに来たんだよ。それに大事な話もあったし」

「大事な話？」

「うん、そうなんだ。実はレティが足を怪我してしまったことを両親に話したら、お見舞いがしたいと言ってきたんだよ」

「え？　そ、そんな、お見舞いなんて大げさだわ。怪我だって1週間もすれば治ると言われているのに」

まさかそんな大事になるとは思わなかった。

「だけど特に母さんがレティのこと、とても気にしているんだよ。最近家にも遊びに来ていないだろう？」

「そ、それは……」

確かにフィオナとイメルダ夫人がこの屋敷に住むようになってから、一度も私はセブランの邸宅にお邪魔していない。以前は週末ごとに訪ねていたのに……。

フィオナとセブランが親しくなり、私はどうしようもないくらいセブランとの距離を感じていた。それに私がセブランの自宅にお邪魔するとなれば、フィオナとイメルダ夫人までついてくるのではないかと思い、行けなかったのだ。

心が狭いと言われてしまうかもしれないけれど、私はできればセブランの両親に、２人を会わせたくなかったのだ。

「……で、いいよね？」

不意にセブランの言葉に我に返って顔を上げた。

「え？　ごめんなさい。今なんて言ったのかしら？」

「あれ？　話聞いてなかったのかな？」

首を傾げるセブラン。

「え、ええ。少し考えごとをしていたから……ごめんなさい。もう一度言ってもらえる？」

「うん、いいよ。それで今夜、レティのお見舞いに両親と訪ねてもいいかな？」

「え？　今夜、ここに⁉　だ、だけど……」

あまりの突然の話に驚いた。ここに来るということは、セブランの両親がフィオナとイメルダ夫人に会うことになる。

「……そうだよね。あまり突然の話だから困るよね？　ただ、両親がすごくレティのことを心配していたから……」

「い、いいえ。そうではないわ。でも、わざわざ訪ねてきてくださるのは申し訳ない気が……」

「あら、私たちは大歓迎よ」

その時、背後で声が聞こえた。

「「え？」」

私とセブランは驚いて振り向くと、いつの間に来ていたのか、イメルダ夫人とフィオナが立っていた。

そんな……まさか、今の話を聞かれていた……？

動揺する私とは違い、イメルダ夫人とフィオナは笑みを浮かべている。

「セブラン様の両親が訪ねてくださるのよね？　大歓迎よ。みんなが学校へ行っている間にお招きの準備をしておくわ」

「素敵！　お母様、お願いね」

イメルダ夫人とフィオナは楽しそうに笑い合っている。

「あ……でも、レティは……」

少しだけ困った様子でセブランが口を開きかけた時、夫人が上から言葉を被せてきた。

「レティシア。折角お見舞いに来たいと先方が仰っているのだから、厚意を無下にしてはいけないわよ？」

そして私を鋭い目で見る。

「は、はい……そうですね……」

返事をすると夫人は頷き、セブランに声をかけた。

「では、セブラン様。今夜お待ちしておりますね？」

「はい、分かりました。帰宅後伝えておきます」

「フフフ。セブラン様のご両親に初めてお会いできるのね。楽しみだわ」

3人の会話を、私は暗い気持ちで聞くしかなかった……。


登校の馬車の中でフィオナは、セブランの両親が訪ねてくるのがよほど嬉しいのか、すっかり有頂天になっていた。2人は、学校に到着するまでの間、ずっと彼の両親のことで盛り上がっていたのだった。

「それじゃ、また放課後迎えに行くよ」

「またね。レティ」

「ええ、また放課後に」

私のクラスの前でセブランとフィオナは手を振ると、背を向けて自分たちの教室へと向かっていく。その様子を無言で眺めていると、背後から声をかけられた。

「今朝はリュックで登校したんだな」

「え？」

振り向くと、こちらをじっと見ているイザーク。

「おはよう、イザーク。ええ、そうなの」

「足の怪我はどうなんだ？　少しは痛みが引いたのか？」

「ええ、大丈夫よ。うっかり床に足をつけない限り、痛むことはほとんどないから」

「うっかり床にって……そんなことがあったのか？」

イザークは眉をひそめて私を見る。

「え？　でもほんの数回だから大丈夫よ」

「松葉杖は慣れたのか？」

「そうね。少しは慣れたかしら」

「そうか。ならいい。悪かったな、足が悪いのに立ち止まらせて」

それだけ告げると、イザークは教室の中へ入っていった。私も続けて中へ入ると、途端にクラスメイトたちが松葉杖をついた私に驚き、次々と声をかけてくる事態になった。

その後――

私は予鈴の鐘が鳴り響くまでクラスメイトの対応に追われたものの、今朝の嫌な出来事を思い出さずに済んだのだった。


「ふぅ……」

ようやくみんなから解放され、ため息をつくと、ヴィオラが声をかけてきた。

「おはよう、レティ。さっきは大変だったわね」

「おはよう、ヴィオラ。ええ、ちょっとね」

「教室に入ったら驚いたわ。あなたの席にクラスメイトが群がっているんだもの。おかげで私、席に座ることもできなかったわ」

席に座るとヴィオラが口を尖らせる。

「そうだったみたいね。でも……みんな、こんなに心配してくれていたなんてありがたいわ」

私はクラスの中心人物になるような目立つ生徒ではない。だから尚更(なおさら)みんなから注目されたことに驚いていた。

「何を言ってるの？　レティは頭もいいし、美化委員というみんながやりたがらない委員会にも積極的に手を上げて立候補してくれたから、実は一目置かれているのよ？　だって現にあなたが階段で意識を失った時、クラス中が大騒ぎしたのだから」

「そんなことがあったなんて……」

「それだけじゃないわ。あのイザークが倒れそうになるあなたを咄嗟に支えて、抱き上げた時にはみんな驚いていたもの」

「え？　そ、そうなの!?」

その言葉に目を見開く。

「ええ、そうよ。あなたがイザークに抱きかかえられたまま保健室に運ばれていく様子に感嘆の声を上げている人たちもいたんだから。ひょっとして、あの２人は交際しているんじゃないかって噂している人たちもいたわよ？」

「し、知らなかったわ……」

まさか、そこまで騒ぎになっていたとは思わなかった。

「ごめんなさいね。本当はもっと早く教えてあげればよかったんだけど、セブランとフィオナの手前……言えなかったのよ。なんとなく言いにくくて」

「いいえ、そんなこと気にしないで。でも、私、昨日はかなりイザークに迷惑をかけてしまったのね……」

しかも放課後は背負ってもらって校舎内を歩いている。

「何かイザークにお礼をしないと……彼ってどんなものが好きなのかしら？　ヴィオラは何か知ってる？」

「え？　何言ってるの？　女子生徒の中では一番彼と親しいのはレティじゃないの？　みんな、そう思っているわよ？」

「え？　私とイザークが？　それは違うわよ。ただ彼とは同じ委員会だから、話す機会は少しならあるかもしれないけれど……」

私はイザークをチラリと見た。

そういえば、イザークはクラスでも一人でいることが多い。だからといって、別に友達がいないわけではない。現に男子生徒たちとは時々話をしていたり、一緒に行動している光景をたまに見かけるからだ。けれど、積極的に誰かと関わろうとしている素振りはない。なぜなのだろう？　私は遠くの席に座るイザークを、そっと見つめた。


――昼休み。

私はヴィオラが戻ってくるのを待ちながら、誰もいない2階の教室の窓から外の景色を眺めていた。彼女は足を怪我した私を気遣って、ランチボックスを買いに行ってくれている。

「いいお天気ね……」

窓からは、私とイザークが世話をした園庭の花壇の花が、美しく咲いている様子が見える。

「花壇のお花も綺麗に咲いてるわね……え？」

その時、私は目にしてしまった。それはセブランとフィオナが花壇の前を歩いている姿だった。２人は楽しそうに笑い合っている。

「また……２人は一緒なのね……」

ズキリと痛む胸を押さえながら、ため息をついた時……。

「お待たせ～レティ」

教室に元気なヴィオラの声が響き渡った。

「お帰りなさい、ヴィオラ」

振り向きながら声をかけ、私は目を見開いた。なんとヴィオラがイザークと一緒に教室に現れたからだ。

彼も手にランチボックスを持っている。

「どうしたの？　ヴィオラ……イザークと一緒に戻ってくるなんて」

「違うわよ。偶然さっきそこで会ったのよ」

ヴィオラに続き、イザークが相変わらず無表情で答える。

「今日はランチボックスを買って教室で食べるつもりだったんだ。そしたら帰りに偶然ヴィオラに会っただけだ」

「そうだったのね」

ヴィオラは私の元へやってくると尋ねた。

「レティ、ずいぶん熱心に窓の外を眺めていたけど、何かあったの？」

「え？　ええ。少し……ね」

ためらいがちに返事をすると、好奇心旺盛なヴィオラが窓の外を眺め……途端に眉をひそめた。

「何あれ……セブランとフィオナじゃないの」

「なんだって？」

ヴィオラの言葉にイザークも窓の側に近づき、外を眺めた。

「あいつ……なんだってあの転校生に構うんだ？」

そして私を見る。なぜかその目で見られると、責められているように感じてしまう。

「それは私がセブランに頼んだからよ。フィオナの面倒を見てあげてと。だから彼は言う通りにしてくれているのよ」

「そうだったのか？　だが、なぜそんなことを君が頼む？」

すると、そこへヴィオラが割って入ってきた。

「よしなさいよ、イザーク。レティはお父さんに頼まれたのでしょう？　そうよね？」

「ええ、そうなの。本当はフィオナを私のクラスに転入させたかったみたいなの。だけどセブランのクラスに入ったから、私の代わりにフィオナの世話をしてもらうようにそれとなく父から言われたの」

「ふ～ん。そうか」

まだ、どこか納得いかなそうなイザーク。

「そんなことよりも、昼休みが終わる前に食事にしましょうよ」

ヴィオラが私に声をかけてきた。

「ええ。そうね」

その時、私を見つめるイザークと視線が合う。

「イザーク。もしよければ、私たちとお昼一緒に食べる？」

面倒ごとが嫌いな彼のことだ。きっと断るだろうと思っていたのだが……。

「そうだな。そうするか」

驚くべきことに私の誘いに頷いた。そこで私たち3人は、一緒に机を寄せ合って食事することになった。

「ええっ！　嘘でしょう？　セブランの両親が今夜お見舞いに来るのに、義母とフィオナが同席するなんて……」

サンドイッチを口に入れようとしていたヴィオラが目を見張る。

「成り行きでそうなってしまったのよ」

するとイザークがため息をつく。

「セブランの奴……本当に考えなしだな。君の家でそんな話をすれば、2人に知られるに決まっているじゃないか」

「そうなのだけど、セブランに悪気はなかったと思うのよ」

だって彼は、私がイメルダ夫人とフィオナを苦手に思っていることを知らないのだから。

「でも、それにしても無神経すぎるわ。あんな親子、レティの家から出ていけばいいのに」

ヴィオラは憤慨しながら言うけれど、たぶん2人が出ていくことはないだろう。あの家にいる限り、私は夫人からもフィオナからもずっと逃げられないのだ。

つい暗い気持ちになってしまったので、話題を変えるためにイザークに話しかけた。

「イザーク。昨日、あなたにたくさん迷惑をかけてしまったから、何かお礼をしたいのだけど……」

「お礼？　別にそんなものはいらない」

何か気に障ったのか、ジロリとイザークは睨みつけてくる。

「で、でも……それでは私の気が……」

「だったら、これからも美化委員の仕事を頑張ってくれればそれでいい」

「そ、そう？　分かったわ」

そんな私たちの様子をヴィオラは黙って見つめていた。

——放課後。


授業が終わり、帰り支度をしていると、ヴィオラが声をかけてきた。

「……あと数時間で、セブランの両親がフィオナたちに会うのね？」

「ええ、そうね」

「あんな礼儀知らずの親子、セブランの両親から嫌われてしまえばいいのに」

時々、ヴィオラはすごい発言をしてくる。

「どうかしら……」

そこまで話した時——

「レティ！　迎えに来たよ！」

教室の外にセブランとフィオナの姿がある。

「あ、迎えが来たわ。ヴィオラ、それじゃまた明日ね」

椅子に立てかけてある松葉杖を取った。

「ええ、また明日ね。レティ」

私たちは手を振って別れた。


セブランとフィオナは馬車の中で、彼の両親の話で盛り上がっている。

「嬉しいわ。今夜またセブラン様に会えるなんて。それにご両親とも初めてお会いするから、なんだか今から緊張してきたわ」

もはやフィオナは、セブランに対する好意を隠そうともしない。私は心を殺しながら窓の外を見つめていた。


やがて馬車が屋敷に到着すると、セブランが私に手を差し伸べてきた。

「レティ、降りるなら手を貸してあげるよ」

「そうね、その足では流石に一人では難しいわよね。下手に降りようとして怪我が悪化してもいけないし。セブラン様、どうぞレティをお願いします」

なぜかこの場を仕切るような物言いをするフィオナ。

「うん。さ、降りよう？」

「ええ、ありがとう。セブラン」

私は彼の手に掴まり馬車を降りると、タイミングよく屋敷の扉が開かれて、フットマンとイメルダ夫人が現れた。

「お帰りなさい、フィオナ。それに……レティシア」

「ただいま、お母様」

「ただいま、戻りました」

どうにもイメルダ夫人の前では緊張してしまう。すると次に夫人はセブランに声をかけた。

「セブラン様、送っていただきありがとうございます。今夜、またお待ちしておりますね」

「はい、夫人」

「あ、そうだわ。レティシア、お父様からあなたに贈り物があるのよ？」

イメルダ夫人が私に視線を移した。

「贈り物ですか？」

「え？　レティにだけ？　一体どんな贈り物なの？」

フィオナの言葉はどこか不満そうに聞こえる。すると、イメルダ夫人は背後に控えていたフットマンに声をかけた。

「あれを持ってきてちょうだい」

「はい、かしこまりました」

フットマンは一度ドアの奥に姿を消すも、すぐに現れた。しかも車椅子を押している。

「え？　車椅子？」

あまりにも予想外のものをプレゼントされ、私は戸惑いしかなかった。

「お父様が足を怪我したあなたのために、早急に用意してくださったのよ。感謝しないと」

「はい。そうですね」

「よかったね、レティ。車椅子があれば、移動するのも楽になるよ」

セブランが私に笑いかける。

「え、ええ……そうね」

父の昨夜の言葉が脳裏に蘇ってくる。

『……少しだけ待っていてくれ。時間をくれるか？』

まさか、父が昨夜私に言ったのは車椅子のことだったのだろうか？　けれどあの時はそんな風には思えなかった。あれほど真剣な……どこか切羽詰まったような雰囲気だったのに。

「あら？　どうしたのかしら？　嬉しくないの？」

「そうね。あんまり嬉しそうに見えないわ。折角のお父様からのプレゼントなのに」

イメルダ夫人とフィオナが尋ねてくる。

「い、いえ。そんなことはありません。とても嬉しいです。ただ、あまりにも驚いてしまっただけですから」

誤解されるような報告を父にされては困るので、私は必死に首を振った。

「そうだよね。レティはプレゼントが嬉しくて驚いたんだよね？　それじゃ乗ってみようか？　手を貸してあげるよ」

セブランが優しく声をかけてくれる。

「ええ。そうね」

彼の手を借りて、私は生まれて初めて車椅子に乗ってみた。

「……すごく乗り心地がいい……」

椅子の部分も背もたれ部分も柔らかいクッションがちょうどよかった。

「お父様にあとでお礼を言いに行くわ」

誰に言うともなしに、私は言葉を口にした。

やはり、昨夜父が私に言ったのはこのことだったのだろう。こんなに乗り心地がいい車椅子を用意してくれたのだから。

この時の私は、そう信じて疑わなかった。父の言った言葉の本当の意味を理解することもなく……。

部屋に戻って着替えを済ませると、父にお礼を言いに行くことにした。車椅子で書斎へ向かっているとメイドとすれ違う。

「お帰りなさいませ、レティシア様。どちらかへ行かれるのですか？　よろしければ私が押して差し上げましょうか？」

「慣れるためにも一人で大丈夫よ。それより、お父様は書斎にいらっしゃるかしら？」

「いいえ。旦那様なら、本日はお仕事で外出しております」

「そうだったの？　教えてくれてありがとう。なら部屋に戻るわ」

私は再び車椅子を動かして部屋に向かった。

「お父様にお礼を言いたかったのに……」

それと同時に、私の胸に不安が一つ込み上げてくる。たいてい父は、仕事で出かけると数日間留守になる。今夜、セブランの両親が尋ねてくる頃、父は在宅しているのだろうか？

その後、部屋に戻り、学校の課題と父から託されていた書類のファイリング作業を行った。取引先の書類を名簿順に並べてファイリングし、ラベルを貼る。

「ふぅ。こんなものかしら？」

出来上がったファイルは5冊分になっている。もう一度開いて、並び順に間違いがないかチェックしてみた。

「……大丈夫そうね」

私が父の仕事を手伝い始めたのは2年前。それも自分から言い始めたことだ。父の愛情が欲しかった私は、自分が役に立てば、認めてくれるのではないだろうかと思い、無理を言って仕事をさせてもらうように頼み込んだのだった。初めの頃は簡単な手伝いばかりだった。そのうち仕事にも慣れ始め、最近は少しずつ父の役に立てるような仕事を任せてもらえるようになっていた。

けれど、父の態度は相変わらず冷たいものだった。それなのにイメルダ夫人とフィオナに対する態度は、私とは真逆だった。だから私は、父の幸せを奪った娘だから憎まれて当然なのだと思っていたけれど……。

「この車椅子をプレゼントしてくれたということは、少しは私に愛情を持ってくれていると考えていいのかしら」

それでも私は不安だった。だから、もっと父の役に立つ人間にならなければ。決して困らせるようなことをしてはいけない。

「もっと、もっと頑張らないと……」

そう、自分に言い聞かせた。

――20時。

部屋で読書をしていると、扉をノックする音が聞こえた。

――コンコン。

「どうぞー」

声をかけると扉が開かれ、フットマンが現れた。

「レティシア様、セブラン様と伯爵夫妻が、応接室にお見えになっていらっしゃいます」

「そうなのね？　ありがとう。すぐに向かうわ」

笑みを浮かべて返事をすると、なぜか突然謝られてしまった。

「大変申し訳ございません！」

「え？　どうしたの？」

その態度に、すごく嫌な予感がする。

「はい……実は既にセブラン様たちは、30分ほど前からお越しでした。けれどイメルダ様が、レティシア様は今、足の調子が悪いので、代わりに自分が対応すると言われて、お呼びするのを止められてしまったのです」

「え!?」

その言葉に血の気が引く。

「イメルダ様とフィオナ様がセブラン様たちのお相手をされていたのですが……マグワイア伯爵夫妻が、レティシア様のお見舞いに来たのだからどうしても会わせてほしいと仰られたので、私がお迎えにあがりました」

「そ、そうだったのね……」

ひどい……イメルダ夫人はセブランだけでなく、マグワイア伯爵夫妻からも私を引き離そうとしているなんて……！

「すぐに行くわ！　お願い、手を貸してくれる？」

「はい！　もちろんです！」

フットマンは私の車椅子のハンドルを握ると、すぐに応接室へと運んでいく。

イメルダ夫人が勝手なことをしているということは、おそらく父はまだ帰宅していないのだろう。おじ様とおば様は、私がすぐに顔を出さなかったことで怒っていないだろうか……？

たまらなく不安な気持ちを抱えたまま、私は応接室へ向かった。

応接室の扉は開け放したままになっていた。扉の前でフットマンに下がってもらうと、私は自分で車椅子を動かして応接室の中へと入った。

部屋にはソファに座ったイメルダ夫人にフィオナ。そして向かい側にはセブランとおじ様、おば様が座っている。

「遅れてしまい、大変申し訳ございませんでした」

お詫びの言葉を述べながら部屋に入ると、おば様が立ち上がって駆け寄ってきた。

「レティ！　会いたかったわ！　とても心配していたのよ！」

そして私を強く抱きしめてくれた。

「おば様……」

その温かい胸の中がとても嬉しくて……私は両手をそっとおば様の背中に回した。

「レティ。最近姿を見せないから、とても心配していたのよ？」

おば様が私の髪を撫でながら尋ねてくる。

「……申し訳ございません」

今の私にはそれしか言いようがなかった。すると、おじ様がこちらに近づいてきた。

「学校で意識を失って足を怪我したとセブランから聞いた時は、とても驚いたよ。それにしても一体どうしたのだい？　顔色もよくないし、痩せてしまったみたいだが」

おじ様が心配そうに尋ねてくる。するとイメルダ夫人が口を挟んできた。

「最近、レティシアはあまり食事をいただかないのですよ。どうも好き嫌いが激しいようで」

「え⁉　そ、そんなこと……！」

あまりの言葉に全身から血の気が引く。すると夫人が反論した。

「いいえ、レティはそのような娘ではありませんよ？　なんでも好き嫌いなく食事をいただく礼儀正しい娘です。小さな頃から見てきた私たちはよく知っています。そうよね？　セブラン」

おば様はセブランに問いかける。

「はい、そうです。レティに食事の好き嫌いはありません」

「セブラン……」

セブランは私を見てにっこり笑う。するとすかさず、フィオナが口を挟んできた。

「レティは最近、あまり食欲がないだけなんです。だから私、ずっとレティのことが心配だったのです。何か悩みがあればなんでも打ち明けてね？　レティ」

「え、ええ……あ、ありがとう」

私には白々しい言葉にしか聞こえない。おじ様とおば様の前でいい人を演じているだけなのだろう。イメルダ夫人は、頷きながらフィオナの言葉に同意している。

けれど、おじ様もおば様も不審そうな目を向けているのが分かった。

「イメルダ夫人、そして……フィオナさんだったかな？　私たちはレティのお見舞いに来たのです。申し訳ないが、お2人は席を外していただけませんか？」

突然、おじ様が2人に声をかけた。

「え……？　い、今なんと仰ったのですか？」

夫人は目を見開き、フィオナは言葉を失っている。

「私の話が上手く伝わりませんでしたか？　お2人はご遠慮くださいと申し上げているのです」

おじ様はどこまでも静かに言葉を紡ぐ。

「……わ、分かりました……確かに皆さんはレティシアのお見舞いにいらしたのですよね？出すぎた真似をして申し訳ございませんでした。行くわよ、フィオナ」

夫人はフィオナに声をかけた。

「え？　で、でも……セブラン様……」

フィオナは縋るような視線をセブランに向ける。

「……ごめんね、フィオナ」

「！」

セブランの言葉にフィオナは一瞬目を見開き……項垂れると、夫人と共に応接室を出ていった。

――パタン。

扉が閉じられると、ようやく私は肩の力が抜けた。

「大丈夫だった？　レティ」

おば様が心配そうに声をかけてきた。

「はい、大丈夫です。でも……申し訳ございません。折角お見舞いに来てくださったのに、父が不在で」

「いいのだよ。予定も聞かずに、勝手に来てしまったのだから。それに、レティに会うのが目的だったからね」

おじ様が笑みを浮かべる。

「セブラン。あのフィオナとかいう子の面倒を見ていると言っていたけれど……もっとレティのことを気にかけてあげなさい。こんなにやつれてしまったのに気付かなかったの？」

「はい……ごめんなさい。気付きませんでした……」

すっかり気落ちした様子でセブランが返事をする。おば様はセブランを責めるけれども、彼が私の異変に気付かなかったのは無理もない。だって、フィオナに夢中なのだから。

「レティ、もしかして、新しい家族とあまり上手くいっていないのではないの？」

セブランの手前、私は返事ができなかった。彼に本音を知られてしまえば、フィオナに伝わってしまいそうだったから。

「黙っているということは、やはりそうなのだね？　これは提案なのだが……どうだろう？　レティ。しばらくの間、我が家で暮らさないか？」

「え？」

おじ様からの意外な提案に驚いた。それはとてもありがたい提案だったが、私の脳裏に夫人とフィオナ……それに父の顔が浮かんでくる。

婚約も決まっていないのに、もし私がセブランのお屋敷でお世話になろうものなら、何を言われるか分かったものではない。それどころか、戻ってくれれば私の居場所はなくなっている可能性もある。

「申し訳ございません。とても嬉しいお話ではありますが、お父様のお仕事の手伝いもあるので、お断りさせてください」

私は丁重に断るしかなかった。

「確かに、2人はまだ婚約すら交わしていないし、ましてや成人年齢に達するまであと2年もあるしな。今の段階で我が家で暮らすのは難しいかもしれない」

「だったら、セブランとレティシアが共に18歳になったら、すぐに婚約してしまえばいいのよ。そしてそのまま一緒に暮らせばいいわ。そう思わない？　セブラン」

「お、おば様！」

セブランが私に好意を抱いているかどうかも分からないのに、2年後の婚約の話を持ち出してくるなんて。大体、今のセブランはフィオナに惹かれているのに……？　セブランの顔を怖くて見ることができない。もし彼の顔に少しでも嫌悪の色が浮かんでいたら、私はどうすればいいのだろう。

すると――

「はい、分かりました」

隣に立つセブランが返事をした。

「え……？」

その言葉に驚いて思わずセブランを見上げると、彼は笑みを浮かべて私を見ている。

「そうだね。僕とレティが共に18歳になったら、僕から婚約を申し入れるよ。どんな言葉がいいかな。今から2年後に向けて考えておかないとね」

「セブラン……ほ、本当に……？」

「もちろん、本当だよ」

その言葉に思わず顔が真っ赤になる。私はまだ一度もセブランから好意を寄せられるような言葉すらかけてもらったことがない。それなのに、いきなり今から2年後の婚約に向けての言葉を考えておくと約束してもらえるなんて。幸せすぎて夢のようだ。

「うん。２人の間で口約束も交わすことができたし……このぶんなら安心だな」

「ええ、そうね。一時はとても心配したけれど、あなたたちの様子を見て安心したわ」

おじ様もおば様も、笑顔で私たちの様子を見つめている。

「ありがとうございます……おじ様、おば様」

私は感謝の言葉を述べた。

とても幸せだった。16年間生きてきて、今日は私の人生で一番素晴らしい日だった。なんと言っても、子供の頃から大好きだったセブランから、２年後に交わす婚約の約束をもらうことができたのだから。

一時はフィオナが現れたことで、セブランを奪われてしまうのではないかと不安だったけれども……もう大丈夫。きっとこれからは、セブランも私の方を向いてくれるに違いない。

この時の私は、そう信じて疑わなかった。


やがてセブランとおじ様たちが帰る時間になった。私は見送りのためにイメルダ夫人とフィオナを呼んでこようと思った。けれども、おじ様にわざわざ呼んでくることはないと言われたので、声をかけるのをやめて、一人でお見送りをしたのだった。

「フフフ……」

婚約の口約束をセブランからもらえたことで、私は嬉しくて笑みを浮かべながら、車椅子で自分の部屋に向かっていた。そしてリビングの前を通り過ぎようとした時――

「レティシア、ちょっといらっしゃい」

突然部屋の中から声をかけられた。あの声は……イメルダ夫人だ。

「は、はい……」

恐る恐るリビングに入ると、険しい目でこちらを見るイメルダ夫人と、落ち込んだ様子のフィオナがソファに座っていた。

「あ、あの……何かご用でしょうか……？」

すると夫人が強い口調で尋ねてきた。

「何かご用でしょうか？　ではないわ。お客様はお帰りになったの？」

「はい、そうです……」

「なら、どうして私たちに声をかけなかったの？」

「え？　それは……セブランのお父様が、わざわざ呼ばなくてもいいと言われたので……」

それに、私が夫人とフィオナのことを持ち出した時、おじ様とおば様は嫌悪感を顕わにしたのも、声をかけなかった理由の一つだった。けれど、そんなことは口が裂けても言えない。

　すると、私の言葉にますます夫人の目は吊り上がる。

「あの人は不在だから、今屋敷の主人はこの私なのよ？　お客様のお帰りを見送るのは主人である私の役目なのに……よくも蔑ろにしてくれたわね。それだけじゃないわ。フィオナだってお見送りをしたかったのよ？」

「ひどいわ。レティ。私、皆さんにご挨拶したかったのに……呼んでくれなかったなんて……」

　フィオナは悲しそうな目で私を見る。

「ご、ごめんなさい、フィオナ。私……本当に悪気はなかったのよ」

　このままでは2人が父に訴えて、叱責されてしまうかもしれない。それどころか、礼儀知らずな娘だと言われて、セブランとの婚約の口約束も取り消されてしまうかも……！

「もういいわ。今夜のことはあの人にも相談させていただきます。さっさと部屋に戻りなさい」

　フイと夫人は私から視線を逸らせる。

「本当に……大変申し訳ございませんでした……」

　私は謝罪の言葉を口にし、暗い気持ちで自分の部屋へと戻った——

第6章　知られてしまった話

——翌朝。

私は重苦しい気分で目が覚めた。

「今朝も3人で登校するのよね……」

セブランに会えるのは嬉しかった。けれど、昨夜イメルダ夫人から叱責され、フィオナにも責められたので顔を合わせにくかった。

「せめてもの救いは、あの人たちと食事を共にしないことね」

ため息をつくと、私は朝の支度を始めた。

朝食もとり終え、出かける準備が整ったので時計を見た。

「そろそろセブランが来る頃ね」

昨日は部屋まで迎えに来てくれたけれども、今日は車椅子なので来ることはないだろう。私は車椅子を動かして、自室をあとにした。

エントランスへ向かっていると、何人かの使用人にすれ違った。彼らは車椅子を押す手助けを申し入れてきたが、私はそれを断った。校内で困らないように、なるべく人の手を借りずに行動できるように訓練しておきたかったからだ。

エントランスが近づいてくると、賑やかな会話の声が聞こえてきた。まさか、もうセブランもフィオナも待っているのだろうか？

廊下の角を曲がったところで、楽しげに会話をしているセブランとフィオナ。そしてイメルダ夫人の姿があった。まさかイメルダ夫人が見送りに出ているとは思わなかった。緊張を解くため、一度深呼吸すると、私はみんなの元へ向かった。

「おはよう。遅れてごめんなさい」

何気ないふりをして声をかける。

「あ、おはよう！　レティ」

セブランが笑みを浮かべて私を見る。

「おはよう、レティ」

フィオナも挨拶をしてくる。その姿はいつもと変わりないように見える。けれどイメルダ夫人だけは……違った。

「レティシア、遅かったわね。慣れない車椅子なら、もう少し早めに出てこないと」

「はい、すみません……」

「いいえ、夫人。僕が今朝早めに着いただけですから。それじゃ行こう、レティ」

セブランが笑みを浮かべて私を見る。

「セブラン……」

まさかセブランが、夫人から庇うようなことを言ってくれるなんて。

「それでは、お母様、いってきます」

「いってきます」

フィオナに続き、私も夫人に挨拶すると、私たちはセブランの馬車へ向かった。

御者の人が車椅子を畳んで乗せてくれると、セブランが私を抱きかかえて馬車に乗せてくれた。

「ありがとう、セブラン」

「お礼なんかいいよ。それより足の具合は大丈夫？」

「ええ。大丈夫よ」

「それよりも早く学校へ行きましょう」

そこへフィオナが声をかけてきた。

「うん、そうだね。それじゃ行こうか」

セブランが扉を閉めると、すぐに馬車は音を立てて走り出した。馬車の中では相変わらず、セブランとフィオナだけで会話が盛り上がっていた。セブランと私は婚約の口約束を昨夜交わしている。だから私は、２人が仲良さそうに話をしていても、今までのようにさほど心を痛めることはなかった。

そんな私の余裕のある態度がフィオナに気付かれてしまったのだろう。突然フィオナが声をかけてきた。

「ねぇ、レティ。今朝はなんだか楽しそうに見えるけど、何かあったのかしら？」

「え？　そ、そうかしら？　そんなことないと思うけど」

ドキドキしながら返事をする。

「う〜ん。絶対に何かあるわ……そうだ、セブラン様。何かレティのことで心当たりありますか？」

あろうことかフィオナは、セブランから聞き出そうとした。

いずれ私とセブランの婚約の話は２人にも知らせなければならないことだけれども、まだ口約束の段階では知られたくない。

お願い、セブラン。フィオナにまだ婚約の話はしないで――！

私は祈るような気持ちでセブランを見つめた。すると、セブランはニッコリと微笑んだ。

「さぁ？　僕には何も心当たりがないけどな。いつもと変わらないよね、レティ」

「そうなのですか？　でもセブラン様がそう言うなら、別にいいですけど……ところでセブラン様、この間……」

フィオナはすぐに私に興味をなくしたのか、別の話に切り替えた。

よかった、セブランが私の気持ちに気付いてくれて。私は窓の外を眺めながら、心の中で安堵のため息をついた。


学校に到着し、車椅子で移動していると、すれ違う生徒たちが興味深げに私を見ている。

「なんだかとても目立っているようで恥ずかしいわ……」

「車椅子なんて、見るのが初めての人が多いと思うわ。私だって初めてだもの。でも確か、すごく車椅子って高価なのよね？　それをお父様はレティにプレゼントしたのだから、本当にすごいと思うわ。お父様には感謝しないとね」

「え、ええ。そうね」

フィオナの言葉が少し気になったけれども、私は返事をした。

「それだけ、レティのお父さんは愛情を持ってくれているってことじゃないかな？　僕はそう思うよ」

セブランが笑みを浮かべて私を見る。

「お父様が……私に愛情を……？」

本当にそうなのだろうか？　私は物心ついた頃から、父に温かい言葉をかけられたこともないのに？　現に今だって、食事の席では３人は仲睦まじく会話をしているのに、私はその輪に混ざることもできないでいるのだから。

「どうしたの？　レティ。あなたの教室の前に着いたわよ？」

フィオナに声をかけられてハッとなった。気付けば、いつの間にか自分の教室の前だった。

「それじゃ、レティ。放課後また迎えに来るよ」

セブランが笑顔で手を振る。

「レティ、またね」

２人は私に手を振ると、楽しそうに話をしながら自分たちの教室へと入っていった。

「ふぅ……」

小さくため息をついて教室へ入ると、再び私はクラスメイトたちに取り囲まれることになるのだった。

――昼休み。

今日も私は教室で、ヴィオラが買ってきてくれたランチボックスを彼女と食べていた。教室には私とヴィオラしかいないため、私たちの会話は教室に響き渡っている。

「それにしても、レティのお父さん……こんな言い方をしては失礼かもしれないけれど、見直しちゃったわ」

ヴィオラの言葉に首を傾げた。

「え？　急にどうしたの？」

「だって、レティの足の怪我は2週間くらいで治ると言われているのでしょう？　それなのに、そんな立派な車椅子をプレゼントしてくれたのだから」

「それについては私も驚いているの。お礼を伝えたいのだけど、仕事の関係で今不在なのよ」

「そうだったの。相変わらず忙しそうね、レティのお父さんは」

「ええ。そうね」

私はデザートのイチゴを口に入れた。

「ねぇ、それよりもレティ。昨日何かいいことでもあったの？　今日は目の下のクマもないし、なんだか覇気(はき)があるように見えるわ」

ヴィオラが身を乗り出してきた。

「え？　やっぱり……分かる？」

「もちろんよ。だって私たち親友同士でしょう？　それで？　何があったの？」

「昨日、セブランとご両親が私の足の怪我のお見舞いに来てくれた話はしたわよね？」

「ええ、聞いてるわよ。それでセブランのご両親がお見舞いに来てくれてどうなったの？」

「そうしたら……まず、セブランのお父様が同席していたフィオナとイメルダ夫人に部屋を出ていってもらうように頼んだのよ」

「まぁ！　それじゃ追い出したってことね？」

ヴィオラが目を輝かせながら、私の話を聞いている。

「そうなるのかしら……？　そのあとの話で私、18歳になったらセブランと婚約する口約束を交わすことができたのよ」

「え？　そうだったの？　セブランがそのことを承諾したの!?」

「ええ、そうよ。私たちが18歳になったら、自分から婚約を申し入れるってセブランに言ってもらえたのよ」

その時――

ドサッ!!

突然、教室に何か重いものが落ちる音が聞こえた。

「「え？」」

2人で驚いて振り向くと、そこにイザークが立っていた。その目は見開かれ……足元には彼のカバンが落ちていた。

「ああ、びっくりした。一体どうしたのよ？　イザーク」

ヴィオラがイザークに声をかけた。

「あ……悪い。手が滑って荷物が落ちただけだ。驚かせて悪かったな」

イザークはカバンを拾い上げると、自分の席へと向かった。その時、なぜかこちらをちらりと見たのが気になり、声をかけることにした。

「イザークはもう食事を済ませてきたの？」

「そうだ」

「ふ～ん。ずいぶん早く戻ってきたのね」

ヴィオラが頬杖をついて、イザークに尋ねる。

「今日は学食が空いていたからな。ところで……レティシア」

不意に彼は私に視線を向けた。

「何？」

けれど、イザークはなかなか話をしない。

「どうかしたの？」

再度尋ねると、ようやく彼は重々しそうに口を開いた。

「いや……まさか車椅子で登校してくるとは思わなかった。足はまだ痛むのか？」

「いいえ。まだ腫れてはいるけど、痛みはあまりないわ」

「……そうか。ならよかった」

するとどこかからかうように、ヴィオラがイザークに尋ねた。

「フフフ……イザーク。ずいぶんレティシアの足の怪我のこと、気にかけてるのね？」

「そんなの当然だろう？　何しろ同じ美化委員だからな。再来週は種まき作業があるから気になっただけだ」

「言われてみればそうだったわね。その頃ならたぶんもう大丈夫。美化委員の活動ならできるはずよ。イザークに迷惑はかけないようにするわ」

「いや、別に迷惑とかそんなことは言ってない。ただ、もし仮にレティシアの怪我の具合がよくないなら、俺が一人で種まき作業をやるつもりだからな。ただ、そのことで君が重荷に感じることはない」

それだけ言うと、イザークは再び教室を出ていってしまった。

「……イザーク、また教室を出ていってしまったわね」

「え、ええ。そうね……」

ヴィオラの言葉に頷く。

「またいなくなるなら、何しに教室へ戻ってきたのかしら？」

「さぁ……カバンを置きに来ただけなのかも」

ヴィオラと2人で首をひねる。

……やっぱり、イザークは何を考えているのか分からない――


やがて放課後になり、迎えに来てくれたセブランとフィオナの3人で馬車に乗り込んだ。

馬車が走り始めると、すぐにフィオナが私に話しかけてきた。

「ねぇ、レティ。セブラン様から話を聞いたのだけど、18歳になったらセブラン様と婚約するんですって？」

「え⁉」

その言葉に私は血の気が引くのを感じた。まさか、セブランが……！

「セ、セブラン……」

するとセブランが困惑の表情を浮かべた。

「あれ？　もしかしてフィオナに言わない方がよかったのかな？」

言わない方がよかった？　そんなこと、当然なのに……！

「レティ。そんな重要な話、私に教えてくれないつもりだったの？　なぜ？　私たち家族じゃないの……」

悲しむような、どこか責めるような口調でフィオナが私を見つめる。そんなフィオナをじっと見つめるセブラン。

駄目……このままでは、私は悪者にされてしまう……！

「べ、別に教えないつもりはなかったの。ただ、まだお父様も知らないお話だったから。先にお父様に報告をしてから、フィオナに告げようと思っていたのよ？」

苦しい言い訳に聞こえるかもしれないけれど、これが精いっぱいだった。

「な～んだ。そうだったのね？　でも、そんなこと気にしなくてもいいのに。報告する順番なんて大した問題じゃないわ。そうよね？　セブラン様」

「う、うん。そうだね」

同意を求められて頷くセブラン。

もうこれ以上、私は言葉が浮かんでこなかった。

「でも、２年後にレティとセブラン様は婚約するのね。今からお祝いの言葉を伝えておくわね。おめでとう、レティ。セブラン様」

フィオナは笑顔を向けてきた。

「うん、ありがとう」

「あ、ありがとう……フィオナ」

笑顔のフィオナに底知れぬ不安を抱きながら、私は無理に笑顔で答えた。

馬車が屋敷の門を潜り抜けると、扉の前でイメルダ夫人が当たり前のように立っている姿が目に入った。おそらく昨夜の話を、セブランから聞き出したくて待っているに違いない。

私の向かい側で隣り合って座るフィオナとセブランは、今も楽しそうに話をしている。セブランはフィオナに、私たちが共に18歳になったら婚約することを既に話してしまっている。

もう……どんな手を使っても、夫人に知られてしまうことは防ぎようがない。私は全てを諦めて、スカートの上で両手を強く握りしめるのだった――

「お帰りなさい、フィオナ」

真っ先に馬車から降りたフィオナを、夫人は笑顔で迎える。そして、次にセブランに抱きかかえられて馬車から降りる私には目もくれず、夫人はセブランに礼を述べた。

「送っていただき、ありがとうございます。セブラン様。それに……」

一瞬夫人は私を鋭い目で睨みつけ、その視線に思わず肩が跳ねてしまう。

「毎回レティシアがご迷惑をおかけして、大変申し訳ございません」

「いえ、迷惑だなんて、仰らないでください」

笑顔で返すセブラン。

「ねぇ、お母様、聞いてください。昨夜、セブラン様とレティが、18歳になったら婚約する約束を交わしたそうなの！」

「え！　な、なんですって⁉　その話……本当なのですか⁉」

夫人はフィオナの話に目を見開き、セブランを問い詰めてくる。

「え？　ええ。そうですけど……」

セブランは戸惑いながらも、私を車椅子の上に下ろしてくれた。

「ありがとう、セブラン」

「お礼なんかいいよ。レティ」

すると、イライラした口調で夫人がさらに尋ねてきた。

「そんなことよりも、セブラン様。先ほどの話の続きを聞かせていただけませんか？」

「え？　先ほどのって……レティとの婚約の話ですか？」

「ええ、そうです。なぜそのような話になってしまったのですか？」

すると、セブランの口から信じられない言葉が飛び出した。

「それは、子供の頃からレティとの結婚は決まっていて、18歳になったら婚約するという話が、その場の流れでなんとなく決まったのですけど……？」

その言葉に血の気が引くのを感じた。なんとなく？　婚約という大事な話を、セブランは周囲に流されて決めてしまったというのだろうか？　私に対する愛情は一欠片（かけら）もないの？

するとクスリとフィオナが笑う。まさかセブランは、フィオナにも同じことを言ったのだろうか？　今の言葉で、夫人の顔に嬉しそうな笑みが浮かぶ。

「まぁ、そうだったのですか？　なんとなく決まったということなのですね？」

「はい……そんなところです」

頷くセブラン。耳を塞ぎたくなるような会話に、これ以上この場にいることに耐えられなかった。

「あら？　どうしたの？　レティ。顔が真っ青よ？」

フィオナが私の顔を覗き込んできた。

「……す、少し気分が……」

動悸が激しくなる。

「え？　大丈夫なの？　レティ」

セブランが心配そうに声をかけてくれるも、私の胸は張り裂けそうだった。

「わ、私……気分が悪いので、先に部屋に戻らせてもらうわ」

セブランの顔を見るのがつらい……思わず顔を逸らせた。

「ええ、そうね。その方がいいかもしれないわ」

私の言葉に頷く夫人。

「セブラン、送ってくれてありがとう」

「うん、また明日ね。フィオナ」

そして私は彼に挨拶をすると、その場をあとにした。背後で聞こえる3人の楽しそうな話し声を聞きながら……。


廊下を車椅子で進んでいると、背後から不意に声をかけられた。

「レティシア様」

振り向くと、父の執事、チャールズさんが立っていた。

「あ、チャールズさん。ただいま」

「はい、お帰りなさいませ。旦那様がお待ちです。レティシア様が学校から帰宅されましたら、書斎にお越しいただくように申しつかっております」

「お父様が？」

珍しいこともあるものだ。父の方から私を呼びつけるなど滅多にないのに。けれど車椅子のお礼と、昨夜のセブランとの話をしたかったので、私としては都合がよかった。

「レティシア様。私が書斎までお連れいたしましょうか？」

「いいえ、大丈夫です。一人で父の元に行ってきます」

チャールズさんの申し出を断り、私は父の書斎へ向かった。

マホガニー製の大きな扉の前に来ると、早速ノックした。

——コンコン。

『誰だね？』

扉の奥からくぐもった声が聞こえる。

「私です、レティシアです」

すると、ややあって目の前の扉が開かれた。

「お帰り、レティシア」

自ら扉を開けてくれるとは思わず、父を見上げた。

「……どうした？」

「い、いえ。ただいま戻りました、お父様」

父はそのまま私の背後に回って車椅子を押し始め、私は書斎に置かれたソファセットの前に連れていかれた。

「お、お父様？」

テーブルの前で止まると、父は向かい側のソファに座った。

「どうだ？　車椅子の具合は？」

「はい、とても乗り心地がいいです。足首をひねっただけなのに、こんなに素晴らしい車椅子をプレゼントしてくださってありがとうございます」

すると父の口から、思ってもいなかった言葉が飛び出す。

「いや、礼はいらない。その車椅子は、もともとルクレチアのために用意したものだからな。もっとも彼女はそれを使うことなく、この世を去ってしまったが……」

「え？　お母様のために？」

「部屋にひきこもり気味だったから、外出しやすいように車椅子を特注したのだが……」

父は口を閉ざしてしまった。その顔はどこか悲しげで、私はそれ以上のことを尋ねることができなかった。そこで別の話をすることにした。

「お父様、実は昨夜、セブランのご両親がお見舞いに来てくださったのです」

「知っている。イメルダから聞いたからな。しかし、途中でフィオナと共に締め出されてしまったので、話の内容が分からなかったと言っていた」

「そうですか……」

やはり夫人は既に父に報告していたのだ。しかも締め出されてしまったことまで。私は意を決して、婚約の話をすることにした。

「実はセブランのご両親から、私たちが18歳になったら婚約すればいいと勧められたのです」

「……そうか。子供の頃からそのような話は出ていたからな。マグワイア家と縁戚関係を結ぶのはよいことだ」

父の答えは淡々としていた。こんなものだろうと予想はしていたけれども、そっけない態度はやはり寂しい。

バンッ!!

そこへ突然、乱暴に扉が開かれた。驚いて振り向くと、そこには明らかに不機嫌そうなイメルダ夫人と、困惑顔のフィオナの姿がある。

「どうした？　そんなに血相を変えて……今、見ての通りレティシアと話し中なのだが？」

父は表情を変えることなく、夫人に尋ねる。

「ええ、知っています。執事に聞きましたから……それより、ご存じでしたか？　セブランとレティシアの話を」

夫人は父の手前もあってか、ちらりと私を見るだけで、すぐに視線を移した。

「お父様、セブラン様とレティはいずれ婚約するそうなんです」

フィオナはどこか縋る目で父を見る。

「そうだな……2人がいずれ婚約する話は、ずっと前から決まっていたからな」

「で、ですが……！　それは2人の気持ちよりも、家同士を結びつけるようなものですよね？

だとしたら……」

イメルダ夫人が何を言いたいのかは、分かっている。けれど、その話は聞きたくなかった。

思わず俯くと、父の声が響いた。

「レティシア」

「は、はい」

顔を上げると、父が私をじっと見つめている。

「もうお前は部屋に戻っていい」

「え……？」

目を見開くと、夫人が驚きの顔を浮かべる。

「何を言っているの？　レティシアにも話を……」

「用があるのは私だけだろう？　レティシアには関係ない話だ。早く部屋に戻りなさい」

ここは父に従った方がいいだろう。何より、これ以上この部屋にはいたくなかった。

「では、失礼いたします」

挨拶すると、私は背後から強い視線を感じながら父の書斎をあとにした。

この先もっと夫人やフィオナの当たりが強くなるだろうと、心に不安を抱きながら――

第7章　父への誕生日プレゼント

あの日から、２年の時が流れた。

「早いものね。あと４カ月で18歳になるなんて」

部屋のカレンダーを眺めながら、ため息をついた。時刻は８時20分を指している。

「そろそろセブランが迎えに来る時間ね」

学校指定のコートを羽織ると、重い足取りで自室をあとにした。

エントランスが近づいてくると、ホールから楽しげな会話が聞こえてきた。そっと角から覗き込むと、２人は笑顔で話をしている。

「本当にお似合いの２人だわ」

ズキズキと痛む胸を押さえながら、私は再びため息をつく。２年前、私とセブランが婚約の口約束をしても、２人の関係に変化はなかった。

いや、それどころか、逆にフィオナとセブランの仲が急接近したように感じられてならなかった。最近ではまるで私が２人の邪魔者のように感じるので、朝も遠慮して時間ギリギリにエントランスへ向かうようにしているのだった。

私がまだセブランと婚約していないから、おそらく遠慮がないのだろう。それとも、婚約してもまだ2人の関係は変わらないのだろうか……？

「そろそろ顔を出した方がいいわね」

あれこれ考えてみても始まらない。私は一歩踏み出すと、２人に声をかけた。

「おはよう、セブラン、フィオナ」

「あ、おはよう。レティ」

「レティ、待ってたわよ」

笑顔で返事をする２人に、何気ないふりをして私も笑みを返す。

「さて、それじゃ馬車に乗ろうか」

セブランは私たちに笑いかけた。

「ねぇ、レティ。話があるのだけど」

「何かしら？」

珍しくフィオナが私に話しかけてくる。そんな時は、たいてい私にとってよくない知らせだ。

緊張しながら返事をする。

「もうすぐお父様の誕生日でしょう？　それで放課後、セブラン様とプレゼントを買いに行く予定なの。もしよかったらレティも一緒に行かない？」

「え？」

その言葉に血の気が引く。セブランとフィオナが買い物に行く約束を……？　私は何も聞いていないのに？　思わず、縋るような目でセブランを見る。

「2日前にフィオナに頼まれたんだよ。プレゼントを買いたいから、男の人の目線で選んでほしいって。だからレティも僕たちと一緒に行かないかい？」

セブランは、私の気持ちを考えもせずに、残酷な台詞を言う。私たちはいずれ婚約するのに、なんの相談もなく2人で買い物に行く約束をしていたなんて……！

それを悪びれることもなく言うセブランの心が分からない。

「遠慮しておくわ……実はもうプレゼントを用意してあるのよ」

自分がひどく惨めに思えた。第一、私は既に父の誕生日プレゼントに、半月も前からカフスボタンを購入して準備をしていたのだ。

「まぁ、レティはもうお父様へのプレゼントを用意していたのね？　流石用意周到だわ。それで何を買ったか教えてくれる？　プレゼントが被ってしまったらいけないから」

「カフスボタンなの。お父様と同じ瞳の色の」

「カフスボタンね。なら私はそれ以外のプレゼントを用意しなくちゃ。ね、セブラン様」

フィオナはさり気なくセブランの手に触れる。

「うん、そうだね。でも、レティ。僕たちと一緒に帰らないと、馬車がないよ？　帰りはどうするんだい？」

「大丈夫よ、セブラン。今日はヴィオラの馬車に乗せてもらうから」

「そう？　ヴィオラさんが乗せてくれるのね？　なら安心だわ」

笑みを浮かべるフィオナに対し、セブランは申し訳なさそうに謝ってきた。

「ごめんね、レティ。今日は送ってあげられなくて」

「いいのよ、セブラン。その代わり……」

今度は私と2人だけでお出かけしてほしい……なんて台詞は、口が裂けても言えなかった。

フィオナの前でそんな台詞を言おうものなら、イメルダ夫人にフィオナを除け者にするなと怒られてしまうのが目に見えていたから。

「その代わり……なんだい？」

首を傾げるセブラン。

「お父様のために素敵なプレゼントを選んであげてくれる？」

泣きたい気持ちをこらえながら無理に私は笑う。

「うん、もちろんだよ」

「セブラン様と素敵なプレゼントを選んでくるわ」

並んで馬車に座る2人は、たぶん他人の目から見てもお似合いに違いない。だから、2人が仲良さそうにしている姿を見るのがつらい。彼の隣に立つのは私ではなく、フィオナの方がずっとお似合いに思えてならない。

私さえいなければ……きっと、2人は……。

私の精神は限界に近づいていた。


「……どうしたの？　レティ。なんだか朝からボ～ッとしてるじゃないの？」

4時限目の家政科の授業中にヴィオラが話しかけてきた。

「え？　そ、そうかしら？」

「ええ、そうよ。なんだか教室に入ってきた時から上の空だったし……でも、やっぱり刺繍の腕前はすごいわね」

手元の刺繍をヴィオラは覗き込んできた。そこには、のどかに広がる黄金色の田園風景が刺繍されている。

「まるで、絵みたいだわ……私にもレティみたいに刺繍の才能があれば、女一人でも生きていけるのに」

その言葉に私の手が止まった。

「え……？　ヴィオラ。刺繍ができれば……生きていけるの？」

「そうよ。私の夢は将来自立して生きていくことなの。何か手に職があれば、女性だって働けるでしょう？　レティなら刺繍の先生になれそうだわ。商品にしてお店で売るのもいいかもしれないわね」

時々、ヴィオラは、貴族令嬢らしからぬ話をする。

「そういうものなのかしら……」

自分の手で、一人で生きていく。今の私には、その話はとても魅力的に感じた。あの屋敷には私の居場所はない。まるで針のむしろの如く、息の詰まる生活だ。

初めの頃は、セブランと結婚できればあの窮屈な家を出ることができると思っていたけれど、彼が思いを寄せる女性は私ではない。フィオナなのだ。フィオナは口にこそしないけれど、イメルダ夫人ははっきり言う。私さえいなければ、フィオナがセブランの婚約者に選ばれるのにと。けれどヴィオラには、そこまでのことは話せなかった。言えば、きっと心配するだろうから。

私が黙り込んでしまった様子を見て、ヴィオラはますます心配そうに声をかけてきた。

「ねぇ、本当に大丈夫？　何かあったら絶対に相談してよ？」

「ええ。分かったわ、ヴィオラ」

笑みを浮かべて私は返事をした。


——カーンカーンカーン。


本日最後の鐘が鳴り響いた。

「はぁ〜まいったわ。今日は委員会活動が2時間もあるから」

帰り支度を終えたヴィオラが憂鬱そうに立ち上がった。

「広報委員も大変ね。活動時間が長いから」

「でも月に2回しかないから、美化委員会に比べると楽な方よ。それにしても意外よね」

ヴィオラは窓際の席で帰り支度をしているイザークをチラリと見た。

「まさかイザークが3年間もレティと同じ美化委員になるとは思わなかったもの」

「たぶんイザークは園芸が好きなのよ。だって一生懸命世話をしているのよ？」

「ふ〜ん。人は見かけによらないわね。遅刻するといけないから、私もう行くわね」

ヴィオラが立ち上がった。

「ええ、また明日ね」

私たちは手を振るとその場で別れた。今朝、ヴィオラから、放課後は委員会活動があるから憂鬱だと話を聞かされ、誘うことができなかったのだ。

「ふぅ……今日は辻馬車で帰るしかないわね」

「レティシア」

その時、不意に名前を呼ばれ、振り向くとイザークが近くに立っていた。

「どうしたの？　イザーク」

「今日はセブランが迎えに来ないのか？」

「え、ええ。今日は一緒に帰らないの」

「え？　だけど、今朝だってセブランの馬車に乗って登校してきたんだろう？　迎えの馬車は来るのか？」

イザークが眉をひそめた。

「来ないわ」

2人から放課後、買い物に行くと聞かされたのは馬車の中だった。事前に知らされていれば、迎えの馬車を頼めたかもしれないけれど……。

「なんで来ないんだ？　馬車もなくて、どうやって帰るつもりなんだよ。それに今日は具合が悪そうじゃないか」

なぜ彼はこんなにしつこく尋ねてくるのだろう？

「別に具合は悪くないけど？　今日は辻馬車で帰りたい気分だったから断ったのよ」

まさかセブランがフィオナと買い物をして帰るからだとは言えなかった。ヴィオラにも話していないのに、イザークに言うわけにはいかない。

「ふ〜ん。そうか……」

ポツリと呟くイザーク。これ以上話していると深く追及されそうだ。

「辻馬車乗り場まで行かないといけないから、もう行くわね。さよなら」

「ああ……またな」

まだ何か言いたげなイザークを残し、私は足早に教室を出た。そして、のちほど衝撃的な現場を目にしてしまう。


憂鬱な気持ちで校舎を出た私は、トボトボと辻馬車乗り場へ向かって歩いていた。

私たちの通う学園は町の中心部にある。正門を抜ければすぐに広々とした大通りになっており、さまざまな店が整然と立ち並んでいる。そして辻馬車乗り場は、学園から徒歩5分ほどの近距離にあった。

「今頃2人は、お父様の誕生日プレゼントを探しているのでしょうね……」

こんなに気になるなら、２人についていけばよかっただろうか？　でも、邪魔に思われる方がもっと堪える。

「セブラン……」

思わず名前を呟いた時、前方に紳士服を取り扱う洋品店が目に止まった。

その店は、私が父のカフスボタンを購入した店だ。何気なくその店を眺めた時、店の前に見慣れた馬車が止まっていることに気付いて息を呑んだ。

「あ……あれは……！」

その馬車はセブランが乗る馬車だった。

「ま、まさか……あの店で買い物を……」

ゆっくりその店に近づき、窓から覗き込むと、仲良さそうに品物を選んでいるセブランとフィオナの姿が見えた。

「……！」

思わず自分の足が震える。

その時――

「レティシア？」

背後で声が聞こえ、驚いて振り向くと、自転車にまたがったイザークの姿があった。

「イ、イザーク……どうして、ここに……？」

自分の声が震える。

「それはこっちの台詞だ。俺の家はこの通りにあるからな。それより、こんなところで何してたんだ？　顔色が真っ青じゃないか。大丈夫なのか？」

イザークは自転車から降りると、スタンドを降ろした。

「あの、それは……」

「この店がどうかしたのか？」

「あ！　ま、待って！」

しかし、止める間もなくイザークは窓から覗き込み……眉をひそめた。

「あれはセブランとフィオナじゃないか。一体どういうことだ？　なんであの2人が一緒にいるんだ？」

「2人は……お父様の誕生日プレゼントを買いに来たのよ」

「そうなのか？　だったらなぜ一緒に……」

イザークは言葉を切った。

「大丈夫か？　ずいぶん震えているぞ？」

その声には、どこか労りを感じる。

「一体……何を買ったのかしら……」

無意識のうちに言葉が口をついて出る。

「分かった。俺が確認してくる。この店の2つ先に本屋がある。そこで待ってろ」

「え？」

イザークは私が返事をする前に、店の中へと入ってしまった。

「イザーク……」

どうしよう……けれど、いつまでもここにいれば、2人が店から出てきて鉢合わせをしてしまうかもしれない。

「本屋に行くしかないわね……」

私はイザークに指定された本屋へ向かった——


「イザーク……まだかしら……」

最近話題の小説を手に取り、パラパラとめくりながら何度目かのため息をついた時……。

「お待たせ」

背後から声をかけられて振り向くと、背の高いイザークが私を見下ろしていた。

「あ……イザーク」

「カフスボタンを買っていたぞ？　あの２人」

「え！　カフスボタンを……！　そ、そんな……！」

「どうしたんだ？　なぜそんなに驚くんだ？」

「カ、カフスボタンは……私も買っているの。今朝、馬車で尋ねられたから……」

なぜフィオナはカフスボタンを選んだのだろう？　同じ品物をプレゼントしないために私に尋ねたはずなのに。

「なんだって？　それは本当の話なのか？」

「ええ……」

「分かった。行こう」

「え？　行くって……どこへ？」

「さっきの店だ」

「そんな！　行けるはずないじゃない！」

店の中にもかかわらず、大きな声を上げてしまった。

「だけどフィオナはカフスボタンを買ったんだろう？　どう考えても嫌がらせに決まってるじゃないか。だったら別の品物を買えばいい。相手の裏をかいてやるんだ」

「だけど、あの店には……！」

激しく頭を振る私の肩を、イザークは掴んできた。

「大丈夫だ。あの2人は馬車に乗って帰っていった」

「え……帰った……？」

「そうだ。だから今から行くぞ」

そしてイザークは私の手首を握りしめると、店の外へと連れ出した。


「いらっしゃいませ。……おや？　あなたは？」

洋品店に入ると、グレーのスーツを来た男性が出迎え、私を見て首を傾げた。

あ……この人は……。

「こんにちは。あの……品物を見に来ました」

「こんにちは。レティシアさん」

男性は笑顔を向ける。

「レティシア、もしかして知り合いなのか？」

イザークが不思議そうに尋ねてくる。

「ええ。こちらの方はこのお店の店主さんで、父の取引先のお相手のポールさんなの。私は父の仕事を手伝っていて何度かお会いしたことがあって。でもお店で会うのは初めてよ」

「今日は従業員が休みなのですよ。だから私が代わりに店番をしているんです。何かお探しですか？」

するとと、イザークが声をかけてきた。

「レティシア。だったらこの人に父親のプレゼントを選んでもらったらどうだ？　顔見知りなら尚更いいじゃないか」

「ああ、なるほど。それでこの店にお越しいただいたのですね？」

「はい。実は半月ほど前にカフスボタンを購入したのですが、もう一点プレゼントしようかと思って」

とても本当のことは告げられない。

「なるほど、それならよい品がありますよ。ネクタイピンはいかがでしょうか？」

「ネクタイピンですか？」

「ええ、実は3日前にカルディナ伯爵が仕事の関係で当店にいらしたのです。その際に熱心にネクタイピンを見ていらっしゃいました。そして紫のネクタイピンはないか尋ねられたのです。ですが、あいにく紫は欠品で残念そうな様子でした」

「紫……ですか？」

紫は私の瞳の色と同じだ。まさか……？　でも、きっと偶然に決まっている。

「そこで念のために紫のネクタイピンを発注し、本日入荷したのですよ」

「本当ですか？」

「ええ、ご覧になりますか？」

「はい、ぜひお願いします」

するとポールさんはショーケースから小箱を取り出し、蓋を開けた。

「まぁ……」

中には上品な薄紫色のネクタイピンが収められていた。

「よい品じゃないか」

イザークが背後から声をかけてくる。私もその通りだと思った。

「おいくらになりますか？」

値段を聞くと、手持ちのお金で購入できそうだった。

「では、こちらをください」

「はい。すぐにご用意いたしますのでお待ちください」

ポールさんがラッピングしてくれている間に、私はイザークに話しかけた。

「ありがとう、イザーク。あなたのおかげでよい品物が買えたわ」

「別に礼を言われるようなことはしていない。だけど、よかったじゃないか。これでフィオナ

の鼻を明かせるだろう？」

「それは……」

鼻を明かす？　そんなことは今まで考えたこともなかった。

「ところで……セブランとは一体どうなっているんだ？」

「え？　どうなっているって……」

思わず俯いてしまった。すると、すかさず謝ってくるイザーク。

「ごめん、悪かった。俺には関係ない話なのに……」

「……本当に、どうなっているのかしら……」

セブランは私よりもフィオナと一緒にいる時間が多い。セブランは何も言わないけれど、時々夫人も交えて３人で外出していることも知っている。けれど、夫人が怖くて何も言えなかった。

「どうした？　レティシア」

イザークが声をかけてきた、その時。

「どうもお待たせいたしました」

ポールさんが小さな紙袋を持って、こちらへやってきた。

「ありがとうございます」

礼を述べ、私とイザークはポールさんの笑顔に見送られて店をあとにした。

「辻馬車乗り場はこのすぐ先だ。気をつけて帰れよ」

店を出ると、イザークは自転車にまたがる。そんな彼が少しだけ羨ましかった。

「いいわね、イザークは自転車に乗れて」

「レティシアは乗れないのか？」

「ええ。だって男の人だって、まだまだ乗れない人が大勢いるじゃない？」

周囲を見渡しても、イザークのように自転車に乗る人は見ない。私も自転車に乗ることができれば……どこへでも好きなところへ行けるのに。

「……俺でよければ……」

「え？　何か言った？」

「いや、なんでもない。それじゃ、またな」

イザークはそれだけ告げると自転車にまたがり、走り去っていった。

「私も帰りましょう」

明日は父の誕生日。ディナーの席でプレゼントを渡すことになっている。

「お父様……喜んでくださるかしら」

手にしていた紙袋をギュッと握りしめた。

翌日は学校が休みの日だった。

朝食後、私は部屋で家政科の課題の刺繍をしていた。静かな部屋で一人、刺繍をしていると、昨日のヴィオラの話が蘇ってくる。

『私にもレティみたいに刺繍の才能があれば、女一人でも生きていけるのに』

「本当に、一人でも生きていけるのかしら……」

フィオナとイメルダ夫人がこの屋敷にやってきてからというもの……ただでさえ居心地の悪かった場所が、今では針のむしろ状態になっていた。

それにいずれ婚約者になるセブランは、今ではすっかりフィオナと親密になっていた。おそらくこの屋敷の人たちは全員が、私よりもフィオナの方がセブランとお似合いだと思っているに違いない。父もそのことについて何か言うことはない。そして肝心のセブランは……。

「セブラン……なぜ、フィオナと一緒にカフスボタンを買ったの……？」

もう、私には彼の気持ちがさっぱり分からなかった。フィオナたちがカルディナ家へ来てからというもの、互いの家を行き来する関係もなくなり、セブランの両親ともほとんど顔を合わせていない。

「おじ様……おば様……どうしているのかしら……」

刺繍の手を止めると、立ち上がった。

「駄目ね。部屋にこもりがちだと気分が落ち込んでしまうわ。一人でセブランのお宅に行ってみようかしら」

そこで私は外出の準備を始めた。


「え……？　馬車が出払っている？」

馬繋場に行ってみると、厩務員の男性使用人が謝ってきた。

「はい、大変申し訳ございません。旦那様で1台、奥様とフィオナ様で1台馬車を使われております」

「……そうだったのね」

この屋敷では、誰も私に行き先を告げずに出かけていく。これでも家族だというのに……私は完全に孤独だった。

「あの、レティシア様……」

「分かったわ。それでは外出はとりやめることにします」

「大変申し訳ございません！」

男性厩務員は自分に非がないのに、一生懸命謝ってくる。

「いいのよ、そんなに気にしなくても。それじゃあね」

私は手を振ると、その場をあとにした。

……なぜ、その時に彼がそんなに謝罪しているのか知りもせずに――


その日の17時過ぎのことだった。

「ふぅ……やっと完成したわ」

出来上がった刺繍を広げて、仕上がりを確認してみた。真っ白いハンカチに刺繍された黄金色に輝く小麦畑の田園風景。それは自分で言うのもなんだが、素晴らしい出来だった。

その時。

――コンコン。

部屋にノック音が響き渡り、遠慮がちに扉が開けられてフィオナが姿を現した。

「レティ、少しいいかしら？」

一体何しにここへ来たのだろう？　嫌な予感を覚えつつ、笑みを浮かべて応対する。

「お帰りなさい。何か用かしら？」

「まぁ。私が留守なの知っていたの？」

「え、ええ。そうね」

「ところでレティ。お願いがあるのだけど」

フィオナはどこへ出かけたのか答えることもなく、頼みごとをしてきた。

「何かしら？」

「ええ、ディナーの席でお父様に渡すプレゼント……先に私からでもいい？」

フィオナは予想通りのことを尋ねてきた。きっと私よりも先にカフスボタンを渡したいのだろう。

「いいわよ」

「本当？　ありがとう。夕食の席が楽しみだわ」

フィオナは、私がなぜ先にプレゼントを渡したいのか尋ねないことに安堵した様子で、嬉しそうに部屋に戻っていった。

「フィオナ……」

思わず彼女の名を口にし、悲しい気持ちで私は扉を締めた。


その日の夕食は父の誕生日ディナーというだけあって、とても豪華だった。テーブルの上には並べきれないほどの料理が並んでいる。それどころかフィオナも夫人も、見たことのない洋服を着ていた。

「あなた、お誕生日おめでとうございます」

夫人はテーブルの脇に置いた箱の蓋を開けると、中からワインを取り出した。

「これは私たちが出会った時に作られたワインなの。どうぞ受け取ってくださいな」

そして一瞬、私をちらりと見る。完全に私への当てつけであることがすぐに分かった。

「……上質なワインだな。ありがとう」

父はワインを受け取ると目を細める。

「お父様、次は私からのプレゼントです。どうぞ受け取ってください」

フィオナは箱の蓋を開けると、悪びれる様子もなく笑みを浮かべた。

「カフスボタンです。セブラン様と選びました」

もちろん、私をチラリと見たのは言うまでもない。

「セブランと？　……そうか。うむ、よい品だな。ありがとう、フィオナ」

怪訝そうな表情で父がフィオナのプレゼントを受け取ると、すかさず夫人が口を挟んできた。

「あなた、聞いてください。私とフィオナの服も本日、セブラン様が選んでくださったの。あの方は本当によい人ね。将来の義理の母になる私と義妹になるフィオナにも親切にしてくれるのだから。レティは幸せね。セブラン様の婚約者になれるのだから」

「……は、はい」

もう私にはこれ以上の言葉は口にできなかった。どうしてここまで残酷な話を平気で言えるのだろう？　夫人はそこまで私が憎いのだろうか？

目頭が熱くなりそうになるのを必死で堪えながら父に視線を移すと、なぜか苦虫を噛み潰した様子で夫人を見ている。

お父様……？

「レティ、今度はあなたの番よ。早くお父様に見せてあげたら？」

フィオナがワクワクした様子で私に声をかけてきた。私の反応が見たいのだろう。

『これでフィオナの鼻を明かせるだろう？』

耳元でイザークの声が聞こえた気がした。

鼻を明かすつもりはないけれど、フィオナの反応が知りたかった。

「お父様、私は紫色のネクタイピンを用意しました。受け取っていただけますか？」

そっと箱を開いて中を見せた。

「そんな！」

その瞬間にフィオナが驚愕の表情を浮かべて立ち上がった。夫人も目を見開いて私を見る。

一方の父も驚いた様子で私に声をかけてきた。

「何？　紫色のネクタイピンだと？　見せてくれ！」

「はい、お父様」

箱を持って父の側へ行くと手渡した。

「これは……」

じっとネクタイピンを見つめる父。そして私に顔を向ける。

「ありがとう。レティ、素晴らしいプレゼントだ」

「い、いえ……」

父の言葉が照れくさく、俯くとフィオナが大きな声を上げた。

「レティ！　どうしてなの？　カフスボタンじゃなかったの？」

「ええ。カフスボタンもあるわ」

「カフスボタン？　それもあるのか？」

父が尋ねる。

「はい、今回はどちらか選びきれず……2種類用意しました」

嘘をついた罪悪感に胸がチクリと痛みながらも、ポケットに入れておいたカフスボタンの箱を取り出して蓋を開けた。

「ほう……ネクタイピンの色と同じだな。気に入ったよ」

偶然にも、カフスボタンも紫だったのだ。

「どういうこと？　なぜネクタイピンも用意していたことを教えてくれなかったの？」

「そうよ。フィオナの言う通りよ。嘘をつくのはよくないわ。謝りなさい」

夫人まで私に文句を言ってくる。

「よさないか、２人とも！」

その時、父が強めの口調で言った。

「あなた……」

「なぜレティシアが謝らなくてはならない？　第一、セブランはレティシアの婚約者になる予定だ。それなのに、レティシア抜きで３人だけで出かけるのはどうかと思うぞ？　もう少し節度のある態度を取るように」

「「はい……」」

フィオナと夫人は項垂れて返事をする。まさか、父が２人を叱責するなんて。

「よし、それではこの話はもう終わりだ。折角の料理が冷めないうちにいただこう」

父は何事もなかったかのように料理を口にした。私たちも父に倣（なら）い、食事を始めた。

夫人は敵意のある目で私を見るし、フィオナもチラチラと私を見ている。けれど……こんな状況下でも、いつもの食事より美味しく感じることができた。

父のディナー終了後。

――コンコン。

不意に部屋の扉がノックされた。

「誰かしら？」

扉を開けると、執事のチャールズさんが立っていた。

「チャールズさん。どうしたのですか？」

「はい、旦那様が書斎でお待ちになっております」

「え？　お父様が……？　分かりました。すぐに行きます」

私はチャールズさんと父の書斎へ向かった。

書斎に到着するとチャールズさんはノックをし、そのまま扉を開けてしまった。すると父が電話で誰かと話をしている。

「電話……？」

父は私に気付くと、電話越しに言った。

「セブラン、レティシアが来たので電話を代わる」

え？　セブラン？　その言葉にドキリとする。

「レティシア。セブランと電話が繋がっている。出なさい」

「は、はい……」

まさかセブランの電話で呼び出されるとは思いもしなかった。父から受話器を受け取り、耳に当てる。

「セブラン……？」

すると――

『こんばんは、レティ』

「セブラン、一体どうしたの？　電話なんて今まで一度もかけてきたことなかったのに」

『うん。実は伯爵から電話をもらったからなんだ』

「え？」

その言葉にドキリとして父の方を見るも、私のことなど気にかける素振りもなく仕事をしている。

『レティ、プレゼントのことで謝らせてもらえないかな？　フィオナはプレゼントにカフスボタンを選んだけど、最初僕は止めたんだよ。レティもカフスボタンだから他の品にした方がいいよって言ったんだけどね』

「そう……だったの？」

『うん。だけど、別に同じ品物だって構わないでしょうって言われたんだ。毎日使うものだし、多いに越したことはないって言い切られて説得できなかったんだよ。だけど、レティのことを考えると、もっと強く反対して他の品物に変えさせるべきだったよ。ほんとにごめん』

「セブラン……」

その声は元気がない。

『伯爵に聞いたよ。レティはネクタイピンも用意していたんだね。それにカフスボタンもプレゼントしたんだろう？』

「え、ええ。そうよ」

『よかったね。伯爵、とても喜んでいたよ。それじゃ、また学校へ行く時に会おうね』

それだけ？　他に言うことはないの？　今日、夫人とフィオナと一緒に出かけて2人の服を選んだことは？　けれど父の手前、尋ねることができない。

「ええ、またね」

『おやすみ、レティ』

「ええ。おやすみなさい」

そして電話は切られた。

「お父様。電話、ありがとうございました」

「なんだ？　もう電話は終わったのか？　セブランは何か言ってたか？」

父は書類から顔を上げると、私を見る。

「はい、プレゼントの件で謝ってきました」

「他には？」

「いえ、それだけですけど」

「そうか……セブランは、何か勘違いしているんじゃないか？」

「勘違いですか？」

「そうだ。婚約者はお前だというのに……でも謝ってきたのならいいだろう」

「はい」

私は返事をすることしかできなかった。確かに婚約者になるのは私だけど、セブランが好きなのはフィオナだ。たぶん本当は、彼が婚約したいのはフィオナに違いない。

「ところで、レティシア。進路の話だが、高等部を卒業後はどうする？　付属の大学部に進学するのか？」

父が突然話を変えてきた。

「え？　進路ですか？」

「ああ、そうだ」

もし大学へ行くことになれば、私はこの家にまだいなければならない。この窮屈な家に。

ふと、そんな考えが脳裏をよぎる。

「少し考えさせてください」

「そうだな。今すぐ答えなど出せないだろうからな。だが、セブランと婚約するまでには答えを出しておいた方がいいだろう」

「はい、分かりました。それでは失礼します」

私は父の書斎をあとにした。たぶんこの時から、私は無意識に決意していたのかもしれない。

ここから密かに去ることを――

第8章　婚約の申し出

父の誕生日から少しの時が流れ、季節は3月になっていた。

「レティ、進路はどうするの？」

昼休みの時間にヴィオラが、進路希望の用紙を手に尋ねてきた。

「え？　そうね。どうしようかしら」

「もしかして、まだ決めていなかったの？　私たち、7月には卒業するのに。もっとも、この学園に通っている学生のほとんどは付属の大学へ進学するから、わざわざ進路希望の用紙を提出する学生はいないけどね」

「確かにそうね」

現にセブランもフィオナも、このまま上の大学部に進学するようだ。本来なら私もそのまま進学するつもりではあったけど……。

「そういえば、レティ。来月は誕生日じゃない。いよいよ成人年齢になるのね」

「ええ、私もヴィオラのように成人の仲間入りをするわ」

「セブランはレティが18歳になったら、婚約の申し入れを正式にするのよね？」

「そういう約束だけど……」

「だったら、もっと自覚すればいいのに……」

ヴィオラは憎々しげに窓の外を見る。視線の先には、ベンチに座り、親しげに話をしている
セブランとフィオナの姿がある。

「仕方ないわ。彼が好きなのはフィオナなのだから」

もう2人の姿を見ても、胸を痛めることはなくなっていた。あるのは代わりに罪悪感。私が
いるために、セブランとフィオナは互いを思い合っているのに婚約できないのだから。

けれど、そのことはヴィオラに告げられない。

「仕方なくないわよ！　私から文句を言ってきてもいいのよ？」

「いいの。婚約すれば、きっとセブランもフィオナも分かってくれると思うから。だから、そ
れまでは……」

「レティ。本当にそう思っているの？」

「ええ」

嘘をついて頷く。

「まったく、本当にフィオナったら！　どこか遠くへ行ってしまえばいいのに」

「ねぇ、ヴィオラ。もしもだけど、あなたが遠くへ行くのだったらどこへ行きたい？」

ヴィオラの考えを聞きたくなった。

「そうね、私だったら親戚が住んでいるところへ行くかしら？　もしくは、自分が住んでみたい国へ行くのもいいかもしれないわ」

「親戚……」

そういえば私には、まだ一度も会ったことのない母方の祖父母がいる。祖父母たちはこの国に属する島に住んでいる。人口約1万人ほどのその島は、美しいエメラルドグリーンの海に囲まれた観光地で、青い屋根に白い建造物が立ち並ぶことで有名だった。

『アネモネ島』

アネモネが美しく咲き乱れることから、この名がついたと言われている。祖父母がその島に住んでいることを知った時から、一度でもいいから行ってみたいと思っていた。

もし、仮にここを去るなら……私の行くべき場所は……。

そう思うと、急に心が楽になってきた。

「どうしたの？　なんだか突然スッキリした表情になったけど？」

ヴィオラが首を傾げて私を見る。

「いいえ、なんでもないの。私、自分の進むべき道を見つけた気がするの。でも、もう少し考えてから結論を出すわ」

「そう？　力になれたようでよかったわ。まだ時間はあるのだから、じっくり考えてみて？」

ヴィオラが笑った。

「ええ。そうするわ」

そう、本当に去るのならセブランの気持を確認してからでも遅くない。来月、きっと彼は私に婚約を申し出てくるだろう。その後、セブランがフィオナよりも私を優先してくれるならここに残る。

けれど、そうでなければ……私は静かにここから消え去ろう。人知れず、学園を卒業したそのあとに——

婚約後もセブランの心が変わらずにフィオナにあるのなら、アネモネ島へ行こうと決心した私は、少しずつ身辺整理を始めていた。
いくら祖父母の住む島で暮らすとしても、私は2人のお世話になるつもりはなかった。
なぜなら祖父母は、母を蔑ろにした父に激怒していたからだ。娘の葬儀の席にも参列しなかったほどなのだから、その怒りは相当なものに違いない。

そして当然、父の血を引く私のことも、よく思っていないに決まっている。

とりあえず、アネモネ島に到着したら挨拶だけ済ませて、住む場所が決まるまではホテルに滞在することにしよう。

「お金なら……貯金があるから当面大丈夫よね」

おそらく、これだけあれば、数年は働かなくても食べていけそうだ。それどころか節約すれば、銀行の利子だけでも生活できるかもしれない。

あまり物欲もなかった私に、父は私が7歳の誕生日に「ここに毎月お金を振り込むので、買いたいものがあれば自由に買いなさい」と言って通帳を渡してきた。

さらに、父の仕事を手伝うようになってからは、「給料」としてお金を上乗せしてくれるようになっていた。そのおかげで金銭感覚も身についたし、本当に欲しいものだけを買う生活が身についている。

「大丈夫……きっとなんとかなるはず」

それにアネモネ島は観光地として有名で、観光業が栄えている。経済学の授業で、この島は働き手不足に悩まされていると学んだ。私にも働き口が見つかるかもしれない。

「あとは一人で生きていく生活力を身につけることよね」

そして私は厨房に足を運び、副料理長に頼み込んで、空き時間に少しずつ料理も習い始めたのだった――

「レティ、今日も自分でランチを用意したの？」

学生食堂で３人掛けのテーブル席を確保すると、ヴィオラが尋ねてきた。

「ええ、今日はバゲットサンドイッチを作ってきたの」

「すごいわね～。私なんか野菜の皮むきも経験ないのに。でも最近、急にどうしたの？」

「ちょっとね。なんとなく料理に目覚めたのよ」

まさか家を出て、自活するためとは言えない。

「そうなのね。私もレティを見習って料理の勉強でも始めようかしら。それじゃ、お昼を買ってくるわね」

「ええ。いってらっしゃい」

手を振ると、ヴィオラはカウンターへと向かっていった。

一人になり、バスケットの蓋を開けた時、背後から声をかけられた。

「レティ」

振り向くと、セブランが笑顔で立っていた。しかも珍しくフィオナの姿がない。

「驚いた……どうしたの？　フィオナは？」

「フィオナは日直で職員室に行っているから、席を取るために先に食堂へ来たんだよ」

一緒にいるのが当然のように尋ねる私自身も情けないけれども、自然に質問に答える彼を悲しい気持ちで見つめる。

「ところで、レティ。いよいよ明日、君が18歳の誕生日を迎える日だね」

「ええ。そうね」

すると、セブランがにっこり笑った。

「明日はちょうど学校が休みだから、会いに行くね。とびきりの言葉を用意して、君に婚約を申し入れるから」

「え……？　本当に……？」

まさかの言葉に嬉しくて耳を疑ってしまった。

「もちろん本当だよ。だって約束したじゃないか」

「ええ。そうね」

「それじゃ、また放課後にね」

セブランはそれだけ言うと、手を振って去っていった。

「セブラン……」

私はその言葉で、すっかり舞い上がってしまっていたのだ。

人が誰かを思う心は、そう簡単には変われないということに気付きもせずに——


その日は、帰宅するまでは幸せな気持ちでいられた。

それがたとえ、私の目の前でいつものようにセブランとフィオナが親しげに話をしている姿を見ても平気なほどに。なぜなら最終的にセブランは私を選んでくれるから。明日、私に婚約の申し入れをする話を、フィオナがいない時を見計らって伝えに来てくれたから。

セブランは、明日の来訪をフィオナには秘密にしてくれている。フィオナが現れてから初めて私の方を向いてくれたのだから、これほど嬉しいことはなかった。

よかった……この分なら、私はここを去らなくても済む。

この時までの私は、愚かにもセブランとの幸せな未来を思い描いていた——


屋敷に到着し、私とフィオナが馬車から降りると、フィオナがセブランに声をかけた。

「それではセブラン様。明日、お待ちしていますね」

え？　その言葉に全身から血の気が引く。

「うん、また明日。さよなら、フィオナ、レティ」

「ええ、さよなら」

「さよなら……」

笑顔で手を振るフィオナとは対照的に、私は引きつった笑みを浮かべて手を振る。

やがて馬車はガラガラと音を立てて走り去っていった。すると、すぐにフィオナが私の方を振り向くと話しかけてきた。

「レティ。明日、セブラン様から婚約の申し入れを受けるのでしょう？」

その言葉に耳を疑う。

「え、ええ……そうだけど……ど、どうして？」

どうして、そのことをフィオナが知っているの？

「それはね、以前からセブラン様に聞いていたからよ。レティが18歳の誕生日を迎えた日に、婚約の申し入れをすることが決まっているって。レティのためにとっておきの言葉も用意したって教えてくれたわ」

「！」

ショックで言葉を失う。そして私は思わず、聞いてはいけないことを尋ねてしまった。

「フィオナは……それでも……いいの？　セブランが私に婚約の申し入れをしても……」

言った瞬間、私は激しく後悔した。今の台詞はきっとフィオナを深く傷つけてしまったに違いない。

「ご、ごめんなさい！　フィオナ！　私……」

けれどフィオナは、意外な言葉を口にする。

「ええ、私はいいの。だって、何があっても互いの気持ちは変わらないから」

「！」

それは思いもしない台詞だった。

「フィ、フィオナ……？」

「だって、私のお母様もそうだったのだから。私は全然平気よ？」

そしてフィオナは天使のような笑みを浮かべると、屋敷の中へと入っていった。

「そ、そんな……」

駄目だ、もうこれ以上ここにはいられない。いいえ、いたくなかった。

「もう……限界だわ……」

私の目から一筋の涙が流れ落ちる。この瞬間……私はここを去る決意を固めた――

重たい足取りで自室へ向かって長い廊下を歩いていると、背後から声をかけられた。

「お帰りなさいませ、レティシア様」

振り向くと、執事のチャールズさんが立っている。

「あ……ただいま戻りました」

「どうかしましたか？　顔色がよくないようですが？」

「い、いいえ。そんなことはありません」

「そうですか？　旦那様が書斎でお呼びです」

「分かりました。すぐに行きます」

返事をすると、暗い気持ちで私は父の書斎へ足を向けた。

「お父様、お呼びですか？」

書斎に入ると、すぐさま尋ねた。

「明日はお前の誕生日だろう？　もし欲しいものがないなら、今回もまた通帳にお金を振り込んでおこう」

けれど、私は首を振った。

「いいえ、あります。自転車が欲しいです」

「何？　自転車だと？　本気で言ってるのか？　第一乗れるのか？」

「はい、本気で自転車が欲しいです。乗り方はこれから覚えます」

これから一人、アネモネ島で生きていくには、きっと自転車が重宝するはず。

「そうか……分かった。思えば、お前が何か物を欲しがるのは初めてだったな。すぐに婦人用の自転車を手配しよう。……他には何かあるか？」

「いいえ、ありません。それではお父様、失礼いたします」

一刻も早く一人になりたかった。私のどこか切羽詰まった様子に父は気付いたのだろう、ためらいながらも頷いてくれた。

「あ、ああ。分かった。もう行ってもいいぞ」

「はい、失礼いたします」

挨拶すると、私は足早に書斎をあとにした。

——バンッ！

部屋に戻ると、鍵を掛けて私はベッドに飛び込む。

「う……うう……ううう………っ……」

ピロウに顔を押し付け、嗚き声が漏れないように、私はいつまでもいつまでも泣き続けた。

この日は夕食も断り、一歩も部屋から出なかった。けれど、そんな私を気にかけてくれる人は誰もいない。

それが余計に悲しくて、涙はとどまるところを知らなかった……。


——翌日。

「愛しのレティ、どうか僕と婚約してください」

ガゼボの中でセブランが私の前に片膝をつき、紫のバラの花束を差し出しながら婚約の申し出をしてきた。

私は泣きたい気持ちを抑え込み、無理に作り笑いを浮かべる。

「ありがとう、セブラン。……謹んでお受けいたします」

そして上辺だけのセブランからの婚約申し入れを受けたのだった――


翌日も学校は休みだった。

朝食後、父の仕事の手伝いをするために書斎へ向かった。

――コンコン。

『入りなさい』

扉をノックすると、父の声が聞こえる。

「失礼します」

部屋に入ると父は書類から目を上げ、立ち上がった。

「出かけるぞ」

「え？　出かける……？　どちらへですか？」

「町に自転車を買いに行こう」

「え！　今からですか？」

「そうだ、早い方がいいだろう」

「ですが、お仕事は……」

「たまにはいいだろう。では早速行くぞ」

「は、はい」

こうして私は父と2人で外出することになった。それは学校の入学式に父と2人で出席した時以来の出来事だった。

戸惑いながら父とエントランスに向かって歩いていると、背後からイメルダ夫人に声をかけられる。

「あら？　あなた。レティシアとどこかへ出かけるのですか？」

「ああ、町に買い物にな」

立ち止まり、振り返ると父は返事をした。

「それなら少し、待ってくださらない？　私とフィオナも準備をしてまいりますから」

え？　夫人とフィオナも一緒に……？

昨日のガゼボでの件もあるのに、一緒に出かけるのは気乗りしなかった。

「いや、今日はレティシアと2人だけで出かける。遠慮してくれ」

「お父様……」

驚いたことに父は、予想に反して夫人からの申し出を断った。

「な、なんですって？　私たちは一緒に行ってはいけないのですか？」

夫人は目を見開き、一瞬、強い視線で私を見る。

「ああ、今日はレティシアと2人で出かけると決めているからな。行くぞ、レティシア」

父はそれだけ言うと、再び歩き始めた。

「は、はい！」

慌てて父のあとを追い、背後を振り向くと……婦人はスカートを握りしめて私を睨みつけていた。


「あの……お父様。本当によろしかったのですか？」

ガラガラと走り続ける馬車の中、向かいの席に座る父にためらいがちに尋ねた。

「ああ、もちろんだ」

「ですが……気を悪くさせてしまったのではないでしょうか？」

「別にお前が気にすることはない。それとも一緒に出かけたかったのか？」

「い、いえ……別に……」

なんと答えればよいか分からず、曖昧(あいまい)に返事をした。

「なら構うことはない」

「はい」

でも、あの時、夫人は私を睨んでいた。私が父と2人だけで外出したことは、フィオナの耳に入るに違いない。

きっとあとで何か言われてしまうだろう……けれど、その話は流石に父には言えなかった。

思わずスカートをギュッと握りしめた時――

「昨日、セブランから婚約の申し入れがあっただろう?」

「はい、紫のバラと一緒に申し込まれました」

「紫のバラか……」

父はなぜか私をじっと見つめる。

「だんだんお前も、初めて出会った頃のルクレチアに似てきたな」

「え……?」

まさか父の口から母の話が出るとは思わなかった。

「レティシア、それで卒業後の進路はどうするのだ?」

ついに父から話が出た。そこで私は、以前から考えていた台詞を口にする。

「はい、上の大学に進学します。私ももう成人年齢に達したので、手続きは全て自分で行うので大丈夫です」

嘘をつくのは心苦しいが、私は進学届を提出するつもりはない。

「そうか、自分でやるのだな。それもいいだろう」

そこまで話をした時、馬車が停車した。

「旦那様、お店に到着いたしました」

男性御者が扉を開けると、父はすぐに馬車を降りて右手を差し出してきた。

「あの……？」

戸惑っていると父が言う。

「降りないのか？」

「い、いえ。降ります」

まさか父にエスコートしてもらえるとは思いもしなかった。父の手を借りて馬車を降りると、店先にずらりと自転車が並べられている。

「この店なら、お前の気に入った自転車があるだろう。好きなのを選ぶといい」

「はい」

そして私は一台の自転車を選んだ。その自転車は籐製の前カゴのついた、赤い色の婦人用自転車だった。

「この自転車がいいのか？」

「はい、とても気に入りました」

この赤い自転車は、アネモネ島の白い町並みにとてもよく映えそうだった。

私は今から、この自転車に乗って町を走る自分の姿を想像し、希望に胸を高鳴らせた。

人知れず、この地を去る決意を固めてから、出ていく準備は着実に進んでいた。少しでも今持っている貯金を増やすために、不要になった衣服やアクセサリーの類をこっそり買い取りをしてもらう生活を続けていた。もともと私には専属メイドはいなかったので、誰にも知られることなく手持ちの品を減らしていくことが容易にできたのだ。

けれども一向に上達しないのが、自転車に乗ることだった——

「はぁ～……難しいわ……」

昼休み、学食で食事をしながら私はため息をついた。

「難しいって……ああ、自転車のことね？」

ヴィオラには誕生日に自転車を買ってもらったことは話していた。あれから1カ月になるが、いまだに私は自転車を乗りこなせずにいた。

「そうなの、家の中庭で練習しているのだけど、上手く漕げなくて」

「レティでも難しいことがあるのね。やっぱり自転車に乗れる人に教えてもらうのが一番じゃないかしら？」

「確かにそうね……」

けれど私は、自転車に乗れる人物をイザークしか知らない。

「誰か自転車に乗れる人いないかしらね……あ！　いたじゃない！」

ヴィオラがポンと手を叩いた。

「イザークがいたじゃない。彼に頼めばいいじゃないの！」

するとその時――

「俺がどうしたんだ？」

すぐ側で声が聞こえ、振り向くと、食事の載ったトレーを手にするイザークの姿があった。

「あら、ちょうどよかった。イザーク、話があるの。ここ、空いているから座ってくれる？」

ヴィオラが自分の空いている隣の席に手招きした。

「話ってなんだよ」

イザークはヴィオラの隣に座ると尋ねてきた。

「あのね、レティに自転車の乗り方を教えてくれないかしら？」

「ヴィオラ！　ま、待ってよ！　いきなり何を言い出すの？」

そんなことを頼めば迷惑に思われるに違いない。

「レティシア。自転車に乗れるようになりたいのか？」

イザークは目を見開く。

「ええ……そうなの。実は1カ月ほど前に自転車を買ったのだけど……いまだに乗れなくて」

「ね、だからイザーク、教えてあげてよ」

「待って、ヴィオラ。イザークに迷惑よ」

「いいぞ。教えてやるよ」

けれど、彼の返事は予想を覆すものだった。

「え？　……いいの？」

「ああ。それじゃ今日から始めよう」

「ええ!?　今日から？　だって私の自転車はここにないのよ？」

「自転車なら俺のを使えばいい。大きさに違いはあるかもしれないが、形は同じなんだから。サドルの高さだって、調整すれば足も届くだろう」

「だ、だけど……」

イザークの指導はなぜかとても厳しそうに感じる。まだ心の準備もできていないのに。

「あら、よかったじゃない。イザーク、私はこのあと委員会の仕事があるから手伝えないけど、レティに自転車の乗り方を教えてあげてね？」

「もちろん、教えるからには乗れるようになるまで、しっかり教えるさ」

真面目(まじめ)な顔で頷くイザーク。

「よし、そうこなくちゃ！」

ヴィオラはイザークの肩をポンポンと叩いている。

「おい、人の肩を叩くな」

迷惑そうにしているイザーク。けれど、そんな2人が私にはなんだかお似合いに思えた。


——昼食後。

私とイザークは学園の裏庭にやってきていた。そして目の前にはイザークの自転車。

「あ、あの……本当にここで練習するの……？」

「ああ、自転車のサドル部分は調整してあるし、ここは裏庭だから滅多に人が来ることもない。練習しやすいだろう？」

「確かにそうかもしれないけれど……でも、やるしかないわね。どうしても自転車には乗れるようになりたいから」

「そうか。それじゃ早速始めるぞ。まずは俺が後ろから自転車を支えているから乗ってみろ」

「わ、分かったわ……」

イザークに言われるまま自転車にまたがると、背後からイザークが支えてきた。その距離は思った以上に近く、彼の息づかいまで感じるので、なんとなく気恥ずかしくて落ち着かない。

「それで次はどうすればいいの？」

振り向くと、イザークと至近距離で目が合ってしまった。

「な、なんだよ。前を向いていろ。後ろを向いていたら漕げないだろう？」

「あ、ごめんなさい！」

慌てて、前を向きながら思った。イザークの赤い顔を見るのは初めてだと——

その後、昼休みの時間を使い切って私は、イザークと自転車に乗る訓練をした。

「……よし、こんなものでいいだろう。だいぶ形になったんじゃないか？」

イザークが自転車から降りた私に声をかけてきた。

「ありがとう、イザーク。あなたのおかげよ。感謝しているわ」

「自転車は一度乗り方を覚えると忘れることはない。家に帰っても練習した方がいいな」

「ええ、そうするわ」

「それじゃ、戻ろう」

「ええ」

イザークに自転車を渡し、帰り支度を始めた。


「ところで、なんで突然自転車に乗ろうと思ったんだ？　まだこの乗り物は世間に出回って間もないのに。まして女性で乗っている姿は見たことがないぞ？」

歩きながらイザークが尋ねてきた。

「……自転車に乗れれば、どこへでも好きなところへ行けそうだったから……」

つい、本音がポロリと口をついて出てしまう。

「え？　今なんて言ったんだ？」

「い、いいえ。なんでもないわ。ただ、風を切って思い切り走りたかったからよ」

「へ～意外だな。レティシアはもっとおとなしいタイプかと思ったのに。それでどんなところを走ってみたいんだ？」

「そうね。コバルトブルーの海がとても綺麗な島がいいわ。青い屋根に白い建物の町並みを風を切って走ってみたいの」

「ふ～ん。ずいぶん具体的だな。まるで実際にある場所のように聞こえる」

イザークの言葉にドキリとした。

「そ、そうかしら。今のは空想の話だから気にしないで」

「そうか？　でも確かにそんな場所を自転車で走れば気持ちがいいかもな」

「ええ。きっと気持ちがいいはずよ」

そこまで話した頃には、校舎に辿(たど)り着いていた。

「それじゃ、俺は自転車を置いてくるから、先に行ってろよ」

イザークが校舎とは反対側へ足を向ける。

「ありがとう、イザーク」

するとイザークが足を止めて振り向いた。

「レティシア。……明日は自転車の練習、どうする？」

「明日はもう大丈夫よ。イザークのおかげで自転車の乗り方のコツを覚えたから。家に帰ったら一人で練習してみるわ」

「……そうか。分かった」

イザークは再び背を向けると自転車を置きに行ったので、私も教室に戻ることにした。

「お帰りなさい、レティ。自転車の練習はどうだった？」

教室に戻ると、既にヴィオラが席に座っていた。

「なんとか形にはなってきたわ。今日、帰宅したら早速、自転車の練習をするつもりよ」

「そうなのね？　明日もイザークに自転車に乗るのを教えてもらうの？」

「いいえ？　教えてもらわないわ。今日で終わりよ」

するとヴィオラが驚きの表情を浮かべる。

「え？　もういいの？」

「ええ。あとは一人で練習できるから」

「レティがそう言うなら構わないけど……怪我に気をつけてね」

心配そうに私を見るヴィオラ。彼女はいつも私を気にかけてくれている。そんなヴィオラにも、もうすぐ行き先を告げずに私はここを去る。罪悪感に苛まれながら、私は笑顔で返事をした。

「ええ、絶対に怪我には気をつけるわ」

そしてまた少しの時が流れ……ついに、私たちが卒業を迎える日が訪れた――

第9章　旅立ち

――7月某日。

いつものように6時に起床した私は、カーテンを開けた。

「いいお天気ね」

雲一つない青い空は、新しい門出の第一歩を踏み出すには、いい日だ。なぜなら今日は卒業式であり、この家を去る日でもあるからだ。いつものように真っ白な制服に着替えて、姿見で確認する。

「制服を着るのも、今日で終わりね」

私は部屋を見渡した。まだ誰にも気付かれてはいないけれども、この部屋のクローゼットには衣類はおろか、アクセサリーの類もほとんど残されていない。

「クローゼットに鍵がついていて、本当によかったわ」

もし鍵がかかっていなければ、誰かに見られて不審に思われてしまうかもしれない。

「そろそろ最後の食事の時間ね」

名ばかりの家族と最後の食事をするために、私はダイニングルームへ向かった。

「いよいよ、今日で卒業ね。あっという間だったわ」

イメルダ夫人が嬉しそうにフィオナに話しかけている。

「はい、お母様。今日の卒業記念パーティーがとても楽しみだわ」

そしてフィオナはチラリと私を見る。

「今日のパーティーのためにドレスも新調したのだから、楽しんできなさい」

私もドレスを買ってもらったが、パーティーに参加するつもりは全くなかった。なぜなら、パーティーではダンスが行われるが、セブランの相手は私ではなくフィオナになるのが分かり切っていたから。

だから、私はあえて町の洋品店で、既製品のドレスを買ってもらった。けれどそのドレスも既に売ってしまい、手元にはもう残っていない。いつもならここで父も2人の会話に入ってくるのに、今朝に限っては何も言わない。その代わり、なぜか私に時折視線を向けているのが気になった。

すると、夫人はそのことに気付いたのか、父に声をかけた。

「あなた、聞いているのですか？」

「ああ、聞いている。セブランの相手は当然レティシアなのだろう？　2人は婚約者同士なのだから」

「え？」

突然話を振られた私は驚いて顔を上げた。するとフィオナと夫人の顔色がサッと青ざめる様子が目に入った。

「どうなんだ？　レティシア」

父がじっと見つめてくる。

「え、ええ……そうでしょうね」

もとよりパーティーに参加するつもりはなかったが、曖昧に返事をした。

「そ、そうよね。レティシアはセブラン様の婚約者だから一緒に踊って当然よね？」

「きっと2人はお似合いだわ」

その後も夫人とフィオナの白々しい会話を聞きながら、私にとって最後の一家団らんの朝食は終わった――

「それでは失礼します」

朝食を終えた私は席を立つと、不意に父に呼び止められた。

「レティシア」

「はい？」

すると父はじっと私を見つめる。その様子をフィオナも夫人も不思議そうに見ている。

「あの……？」

首を傾げると、父が話しかけてきた。

「卒業、おめでとう」

「は、はい。ありがとうございます」

戸惑いながらお礼を述べると、私は足早にダイニングルームをあとにした。

なぜだろう？　今朝の父にはどこか違和感を覚える。まさか、何か気付かれた……？

「ううん、きっと気のせいよ」

そう。私の今日の計画は完璧なはず。セブランに婚約を申し込まれた日から、ここを去る計画を立ててきたのだから……。

――パタン。

部屋の扉を閉じると、ライティングデスクの鍵を開けた。引き出しの中には、今まで貯めてきた私の通帳が入っている。それをカバンにしまった。

「今日でこの部屋ともお別れね……」

物心がついた時から使用していた自分の部屋をグルリと見渡した。

「……今までお世話になりました」

ポツリと言葉を口にすると、迎えにくるセブランを出迎えるために部屋をあとにした。

セブランと顔を合わせるのも、今日でおそらく最後になるだろう。いつもならフィオナとセブランに遠慮して、２人が揃ったあとに出てきていたけれども、今朝は違う。

まだフィオナがこの屋敷にやってくる前、セブランと私の２人だけで登校していた時のように、早めにエントランスで待つことにした。

誰もいないエントランスに到着した私は扉を開けた。すると偶然にも、セブランが眼の前に立っていた。突然扉が開いて驚いたのか、セブランは目を見開いている。

「まぁ、おはよう。セブラン」

「び、びっくりした……おはよう、レティ。今朝は早いんだね」

「ええ。今日は学園に通う最後の日だから、早めに出てきたのよ」

するとセブランは笑う。

「最後だなんて大げさだね。僕たちは大学だって行くのだから、あと4年は通うじゃないか」

「ええ、そうね。ただ、この制服を着て登校するのは最後だという意味で言ったのよ」

動揺を隠しながら笑顔で答える。

「ふ～ん……そうなんだ。ところでレティ」

「何？」

「う、うん。こんな言い方は変だけど……今日はなんだかいつもと雰囲気が違うね。その……とても綺麗だよ」

少し頬を赤らめて私を見つめるセブラン。

「セブラン……」

今日は学園に通う最後の日であり、私がここを去る特別な日。だから、今まで一度もしたことのない薄化粧をしてみたのだ。今まで聞いたことのない言葉を意外に感じた。

でもまさか、私になんの関心も寄せないセブランがそのことに気付くなんて……。

「ありがとう、セブラン」

にっこり微笑む。

「あ、あの。レティ、今日の卒業記念パーティーのダンスだけど、僕と……」

セブランがそこまで言いかけた時。

「セブラン様！」

エントランスにフィオナの声が響き渡る。

「あ、フィオナ。おはよう」

「おはようございます、セブラン様。レティ、どうしたの？　いつもならもっと遅く来ていたじゃない」

フィオナは駆けつけてくると、尋ねてきた。

「ええ。今日は卒業式だから、早めに出てきただけよ」

「ふ〜ん……それで？　２人でなんの話をしていたの？」

どこか疑うような視線で私を見るフィオナ。

「特に何も。卒業式について話していただけよ」

「うん、そうだよ。それじゃ行こうか？」

セブランに促され、私たちは馬車に乗り込んだ。

馬車が走り始めると、２人は早速いつものように話を始めた。それはいつもの見慣れた光景。

私は２人から視線を外し、代わりに窓から遠ざかっていく屋敷を見つめた。18年間生まれ育った家が小さくなっていく。

さよなら……。

私は心の中で屋敷にそっと別れを告げた——

「それじゃ、レティ。卒業パーティーでまた会おうね」

学園の講堂に着くと、セブランは私に手を振った。卒業式ではクラスごとに整列するからセブランとはここでお別れだ。

「ええ、セブラン」

またね、とは言わない。笑顔で手を振ると、フィオナがセブランの腕を引っ張る。

「セブラン様、早く行きましょうよ」

「う、うん。そうだね」

そして2人は私に背を向けると、講堂の中へと入っていく。

「セブラン……フィオナをよろしくね……」

ポツリと口にすると、私も講堂へ足を向けた。


学園の講堂では、粛々と卒業式が行われていた。隣の席では、目をうるませたヴィオラがハンカチを片手に先生の話を聞いていた。私たちの斜め前の席に座るイザークは、いつものように真面目な顔で話を聞いている。

ここにいるみんなは一体、何を思ってこの場にいるのだろう？　ふと、なぜかそんなことを考えている自分がいた。式のあとは卒業記念パーティーが始まる。学生たちはこのあと各自でパーティー準備の衣装替えで騒然となる。私はその喧騒に乗じて、ここから去る計画を立てていた。

もうすぐ計画を実行に移す時がやってくる。

緊張しながら、その時をじっと待つのだった——


講堂での卒業式が終わり、私たちは出口に向かって歩いていた。

「本当に素敵な卒業式だったわ……」

涙もろいヴィオラが赤い目をしながら話しかけてきた。

「ええ、そうね」

「それじゃ、早くパーティードレスに着替えるために更衣室へ行きましょう」

笑顔のヴィオラに、私の胸はズキリと痛んだ。私は今からここを去る。けれど別れを親友に告げるわけにはいかないからだ。

「ごめんなさい。私、少し用事があるからあとから行くわ。先に行っててくれる？」

「え？　用事って何？」

「ええ。花壇の様子を見ておきたいの」

苦し紛れの嘘をつく。

「本当にレティは責任感が強いのね。もう後輩に譲る仕事なのに……でも、分かったわ。それ

「じゃ、先に行ってるわね」

「ええ」

ヴィオラは背を向けて歩き出す。ヴィオラ……私の一番の親友。

「ヴィオラ！」

気付けば大きな声で彼女を呼び止めていた。

「何？　レティ」

振り向くヴィオラ。

「え、ええ……ごめんなさい、ちょっと名前を呼んでみたかっただけよ」

「何それ？　おかしなレティね」

「そうね。それじゃ、私……行くわ」

「ええ。またあとでね」

手を振るヴィオラの姿を見ていると、目頭が熱くなってきそうになる。彼女に背を向けると、私は足早に中庭へと向かった。中庭に行けば、門がある。そこをくぐり抜ければ、すぐに町へ出ることができる。


中庭に辿り着いた私がまっすぐ門へ向かおうとした時――

「レティシア？　どこへ行くんだ」

背後から声をかけられた。

そ、そんな……！　どうして彼がここに……⁉

「イ、イザーク……」

振り向くと、いつもとは違うタキシード姿のイザークが、こちらをじっと見つめていた。

「レティシア。こんなところで何してるんだ？　それにまだドレスに着替えてもいないじゃないか」

「そ、そういうイザークは、どうしてここに……？」

「どうしてって……」

なぜか一瞬ためらう様子を見せるイザーク。

「レティシアが一人、こっちへ向かったから気になって……ついてきたんだ」

「なぜ？」

「え？　なぜって……」

困った表情を浮かべるイザークを見た途端、自分が強い口調になっていることに気付いた。

「あ……ごめんなさい。私、別にそんなつもりで言ったわけじゃないの。ただ卒業前に花壇の様子を見たかっただけなのよ」

「そうだったのか。あとをつけるような真似をして悪かった。ただ、少し話もしたかったから」

「話？　何？」

できれば用件は手短にしてもらいたかった。グズグズしていれば、他の誰かにも見つかってしまう。

「い、いや。やっぱり話はパーティー会場でするよ。それじゃ、またあとで」

「ええ」

イザークが背を向けて歩き出し、建物の中に消えていくのを見届けると、私は門を目指して走った。早く、早くここを抜けないと！

「はぁ……はぁ……」

無事に門を抜けて振り向くと、背後には6年間通いなれた学園が目に映る。

「ごめんなさい、イザーク。あなたにはいろいろお世話になったのに……」

謝罪の言葉を口にすると、私は辻馬車乗り場へ向かった――

ガラガラと走り続ける馬車の窓から、見慣れた町並みを目に焼き付ける。

既に必要な荷物は自転車と共に、この町の港からアネモネ島に運ばれている。おそらく今頃は港の倉庫に保管されているだろう。

懐中時計を見ると、時刻は11時を過ぎたところだ。私は既に12時半出港『アネモネ』行き蒸気船の切符を手に入れていた。

港には馬車で40分もあれば到着するし、私の行き先を知る人は誰もいない。

「とうとう……決行してしまったわ……」

ヴィオラは私のことをすごく心配するだろう。けれど、もしかすると私が自分の意志でこの町を出たことに気付いてくれるかもしれない。

ふと、父の顔が脳裏に浮かぶ。父は私を探し出そうとするだろうか？

「お父様……」

父の顔を思い浮かべ、私はそっと目を閉じた――


「お客様、港に到着いたしました」

その声にハッとなり、私は目を開けた。すると、扉を開けた初老の男性御者が私をじっと見つめている。

「あ……すみません。眠っていたようです」

「いえ、それは気にしないでください。かえって眠っているところを起こしてしまって申し訳ありません」

「あの、それでおいくらになりますか？」

「はい、５００リンになります」

お金を支払い、馬車を降りると、交易都市『リーフ』の港が目に飛び込んできた。多くの人々や荷物が忙しそうに行き交い、港には何隻もの蒸気船が出港の時を待って停泊している。

「すごいわ……」

私は今まで一度もリーフから出たことはなかった。狂気に駆られた母。家族を顧みない父……そのような状況で、船に乗って遠くに出掛けるなど到底できるはずはなかったからだ。

生まれて初めて見た港の光景に圧巻されながら、私は『アネモネ』行きの蒸気船を探した。

「あった、これだわ」

蒸気を吹き上げながら停泊している船は真っ白の船体。青い空によく映える姿はとても美しかった。

「この船が……アネモネ島に行くのね」

蒸気船を見るのも生まれて初めてだった。今の私は生まれ育ったリーフを去る寂しさや、新天地での新しい生活に対する不安よりも好奇心が勝っていた。

「もうすぐ出港の時間ね」

懐中時計を見ると、時刻は12時を過ぎた頃だった。初めて船に乗るので、船酔いをしないようにミントの葉も用意してある。準備は万端だった。

島に着くまでは約6時間の旅になると聞いている。卒業パーティーが終わるのは19時。このパーティーは分校の卒業生も参加するので、総勢700名ほどの人々が集まる一大イベントだ。私の姿がたとえ見つからなくても、おそらくすぐに騒ぎにはならないだろう。それに秘策があった。

あの方法が上手くいくといいのだけど……。

「そろそろ乗りましょう」

私はギュッと両手を握りしめると、タラップを登って蒸気船に乗り込んだ――

――ボーッ……。

船の出港時間がやってきた。

私はデッキに立ち、港を見下ろしていた。私の周囲には大勢の乗船客たちが、見送りに来ている人々に手を振っている。ここに立つ人の中で手を振っていないお客は私だけ。そう思うと寂しさが込み上げてきた。誰にも行き先を告げずに来たから、今この場に見送りの人は一人もいないという事実に、切ない気持ちが込み上げてくる。

「駄目ね。今からこんな気持ちになっては」

私があの屋敷にいると、セブランとフィオナが結ばれることはない。私は邪魔者……いない方がいいのだ。

だから、ここを去ると決めたのだから。

――ボーッ……。

汽笛が再度、港に大きく響き渡り、ゆっくり船は動き始めた。私は見送りが誰もいないにもかかわらず、大きく右手を振った。

さようなら、みんな。

ヴィオラ……勝手に消えてごめんなさい。

イザーク……話を聞いてあげられなくてごめんなさい。

セブラン、フィオナと幸せになってね。

「お父様……どうか……お元気で……！」

私は大きな声で手を振った。そして、私を乗せた船はアネモネ島へ向かって大海原へ出港した――

第10章　その頃の人々

「レティ……一体どうしたのかしら……？」

私、ヴィオラ・エヴァンズは、姿が見えなくなったレティの姿を大ホールの中で捜し回っていた。

今着ているのはイエローカラーのパーティードレス。そして足元は同系色のハイヒール。

ドレスもハイヒールにも全く慣れていないものだから、歩きにくくてたまらない。

おまけに、目のくらむほどに大人数の卒業生たちがドレスやタキシード姿でひしめき合っているのだ。これではとてもレティを捜し出すどころではなかった。

「もう……！　なんだって、こんなに大勢の学生を一堂に集めるのよ！　大体700人なんて多すぎなのよ！」

ブツブツ文句を言いながら私はレティを捜し続け……ついに諦めて、ホールに設置された椅子に座り込んでしまった。

「はぁ……駄目……見つからないわ。こんなことなら、レティと一緒に行動すればよかった」

絶望的な思いでため息をつく。

私はレティと講堂で別れたことを今、激しく後悔していた。あの時はレティとは更衣室が同じなのだから、待っていれば会えるだろうと高を括っていたのだ。

けれど、レティは一向に現れる気配がない。そこで、もしかするとどこかで行き違いがあったのではないかと思い、一人で大ホールまで来たのだが……いまだにレティと会えずにいた。

それに、なんだか言い知れぬ胸騒ぎを感じていた。講堂での別れ際、レティは今まで見たこともないような切羽詰まった様子で私を呼び止めた。あれは一体なんだったのだろう?

「レティ……」

ポツリと彼女の名を呟き、大ホールの時計を見ると、時刻は13時になろうとしている。

「歩き回って喉も乾いたし、お腹も空いてきたわね……食事でもしてこようかしら」

大ホールには立食テーブルのコーナーがあちこちに設置されている。学生たちは食事やダンスで卒業記念パーティーを楽しんでいた。

「パーティー終了時間までまだ時間はあるし、食事をしたあとでまたレティを捜せばいいわね」

ブツブツ独り言を呟きながら、自分に言い聞かせる私。それに……もしかしたら、レティはセブランと一緒にいるかもしれない。とりあえず、食事をしてからまた考えよう。

椅子から立ち上がると、私は立食テーブルコーナーへと向かった。

「う～ん……！　このお肉最高！」

ローストビーフに舌鼓を打っていると、人混みに紛れてセブランがフィオナと親しげに飲み物を飲んでいる姿を偶然発見してしまった。

「な、何よ……あれは……！　やっぱりセブランはレティじゃなくて、あの女と一緒だったのね！」

2人を目にした途端、頭にカッと血が上る。

許せない……！　セブランはレティと婚約したはずなのに……！

「こうなったら文句を言いに行ってやるんだから……！」

ドレスの裾をたくし上げて、セブランとフィオナの元へ向かって突き進んだ。すると私よりも早くセブランに駆け寄った人物が目に飛び込んできた。

「え……？　イザーク？」

髪が乱れきっているイザークは、ものすごい剣幕でセブランの胸ぐらを掴むと、何やら文句を言い始める。そして、震えながら2人の様子を見ているフィオナ。

「イザークったら……！　何考えてるのよ！」

あれでは暴力の一歩手前だ。急いで3人の元へ駆け寄ると、イザークの怒声が聞こえてきた。

「セブラン！　お前……ふざけるなよ!!」

「え？　な、なんのことだよ！」

「ちょっと！　イザーク！　やめなさいよ！」

大きな声を上げながら駆け寄ると、３人は一斉にこちらを振り向いた。

今日は卒業式、そして卒業記念パーティーが行われる日だ。俺、イザーク・ウェバーはこの日を心待ちにしていた。なぜなら、この日はダンスパーティーが開催される。堂々と彼女をダンスに誘えるからだ。
気持ちを打ち明けることもできずに、３年間ずっと片思いだったレティシアを——
講堂での卒業式が終わり、卒業生たちは更衣室に向かって歩いていくが、俺はレティシアを捜し回っていた。なんとしてもパーティー会場の大ホールに入場する前に、レティシアを見つけなければ、まず会えることはないだろう。何しろパーティーは分校の生徒たちも集まり、総勢約７００人にも上るのだから。

（レティシア……どこにいるんだ？）

必死で捜していると、ようやく彼女を見つけた。レティシアは、なぜか一人で中庭の方へ向かって歩いていく。

（え？　どこへ行くんだ？　更衣室とは反対方向じゃないか）

なぜかひどく胸騒ぎがする。そこで悪いとは思ったが、彼女のあとを追うことにした。

レティシアは俺につけられていることに気付く様子もなく、まっすぐ足早に中庭に向かって歩いていく。その姿はまるで、何かに追い立てられているようにも見えた。

「一体どこへ行くんだよ……」

すると前方に外へ続く門が視界に入る。まさか外へ行くつもりなのか？

「レティシア？　どこへ行くんだ」

たまらず、とうとう声をかけてしまった。彼女を驚かせないようにできるだけ静かな口調で。

なのに、それでもレティシアは驚いたのだろう。小さな肩をビクリと動かし、恐る恐るこちらを振り返った。

「イ、イザーク……」

なぜかその目はひどく怯（おび）えている。不審に思いながら、意を決して彼女に話しかけた。

「レティシア。こんなところで何してるんだ？　それにまだドレスにも着替えていないじゃないか」

レティシアのドレス姿も楽しみにしていたのに。

「そ、そういうイザークはどうしてここに……？」

「どうしてって……レティシアが一人、こっちへ向かったから気になって……ついてきたんだ」

怯えた目で俺を見る彼女に、とてもではないがダンスの申し込みをするなんてできない。

「なぜ？」

「え？　なぜって……」

まさか、優しい彼女からそんな台詞が飛び出してくるとは思わなかった。ひょっとして、あとをつけてきたから幻滅されてしまったのだろうか？　情けないことに、レティシアがセブランと婚約しても、まだ彼女に未練があっただけに、今の態度は流石にショックだった。

「あ……ごめんなさい。私、別にそんなつもりで言ったわけじゃないの。ただ卒業前に花壇の様子を見たかっただけなのよ」

すると、レティシアは悪いと思ったのか謝ってきた。

しかし、嘘だとすぐに分かった。何しろ彼女は説明する間、視線をずっと逸らしていたからだ。

「そうだったのか。あとをつけるような真似をして悪かった。ただ、少し話もしたかったから」

「話？　何？」

「い、いや。やっぱり話はパーティー会場でするよ。それじゃ、またあとで」

もう、ここで彼女と話をするのは諦めよう。レティシアも俺の提案に頷くも、心ここにあらずであることは一目瞭然だ。

俺は背を向けると、引き返した。背後からレティシアの視線を感じる。建物の中に入ると、すかさず陰から顔をのぞかせた。

「！」

すると驚くことに、はるか前方をレティシアが門に向かって走っている姿が見える。

「レティシア！」

慌ててあとを追いかけるも、彼女は門を開けて走り去ってしまった。

「くそ！」

必死で門まで走り、通りに出たものの、既に手遅れだった。人や馬車で賑わう大通りを見渡しても、どこにもレティシアの姿は見当たらなかったのだ。

「レティシア……」

完全に見失ってしまった。

「レティシア……一体どこへ……もしかして、ヴィオラが知っているかもしれない！」

そこで、急いで大ホールへと向かった。なんとしてもヴィオラを捜し出して、レティシアがどこへ行ったのか尋ねてみなければ！

「見つからないな……」

大ホールは予想以上にすごいことになっていた。ただでさえ大人数のうえに、半数以上が見知らぬ顔。挙げ句に参加者全員が正装しているのだ。このような状況でヴィオラを見つけられるとは思えなかった。

「こんなことなら、レティシアから目を離さなければよかった……」

今さらながら、激しく後悔していた。あの時、門に向かって走るレティシアの様子は只事ではなかった。なぜ彼女はパーティーに出席するどころか、出ていってしまったのだろう？

「おかしい……絶対に何かあるに違いない」

時間が気になり腕時計を見ると、時刻は13時になるところだった。今まで散々捜し回ったせいで、喉が乾いていた。

「何か飲んでから、またレティシアを捜すか」

そこで俺は立食テーブルへ向かった。

「ふぅ……」

アイスティーを飲み干しテーブルに置いて、何気なく辺りを見渡した。その時にとんでもない光景を俺は目にしてしまった。それは、セブランがフィオナと楽しそうに食事をしている姿だった。フィオナはセブランの腕に手を回し、あいつも満更でもない笑みを浮かべている。しかも2人は同じ色のスーツにドレス姿だ。誰が見てもカップルにしか思えない。

「あ、あいつら……！」

その姿を見た時、一瞬で頭に血が上るのを感じた。レティシアはセブランの婚約者だというのに、一体何をやってるんだ？　きっとレティシアは、2人を見てショックを受けた。そして逃げ出してしまったに違いない。

「レティシアを傷つける奴を許すものか……！」

俺はセブランに駆け寄った。

「セブラン!!」

すると、奴は能天気に笑いかけてきた。

「あれ？　イザーク。どうしたんだい？」

「こんにちは。イザーク様」

フィオナは挨拶してきたが、それを無視してセブランの胸ぐらを掴んだ。

「セブラン！　お前……ふざけるなよ！」

「え？　な、なんのことだよ！」

奴は、俺の怒りの理由に全く気付いていない。それが尚更怒りを掻き立てる。

「やめて！　イザーク様！」

フィオナが耳障りな声で叫ぶが、知ったことか。こいつ……一発殴ってやらなければ気が収まらない。

　拳を振り上げた時——

「ちょっと！　イザーク！　やめなさいよ！」

突然の声に驚き振り向くと、肩で息をするヴィオラの姿があった。

「ヴィオラ……」

セブランを離すと、奴は喉を押さえて苦しそうに咳き込む。そんなセブランの背中をさすりながらフィオナが文句を言ってきた。

「イザーク様！　セブラン様になんてことするんですか！」

「うるさい！　それはこっちの台詞だ！　お前ら、レティシアに何をしたんだよ！」

「え……？　レティがどうかしたのかい？」

「一体なんのこと？」

セブランとフィオナが首を傾げる。

「ふざけるなよ！　レティシアがいなくなったのはお前たちのせいだろう!?」

するとヴィオラが突然俺の左袖を掴んできた。

「ちょっと！　何よ、それ！　レティがどうしたのよ！」

「え……？」

その言葉に血の気が引く。

「ヴィオラは……知ってたんじゃないのか……？」

「知ってた？　一体なんのことよ？」

「レティシアが……制服姿のまま、中庭の門から外に出ていったことだよ……」

俺の言葉に、その場にいた全員が目を見開く。

「え？　レティが中庭の門から外に出ていったの？　それって、パーティーに参加したくなくて、家に帰ったのじゃないかしら？」

フィオナが信じられない発言をした。

「なんだって？　本気で言ってるのか？　そんな馬鹿な話があるものか。誰だって高校生活最後の卒業パーティーに参加したくないなんて思うはずないだろう？」

「そうよ！　もし参加したくないなら、それはあなたたち2人のせいよ！」

ヴィオラが俺の意見に同意し、セブランとフィオナを交互に睨みつける。

「ええ！　どうして僕たちのせいになるんだい？」

「そうよ。いくらレティの親友だからといって、いい加減なことを言わないでくれる？」

「だったら、なぜ同じ色の衣装を着ているの？　まるでパートナー同士に見えるわよ！」

「ああ、俺もそう思う。セブラン、お前はレティシアという婚約者がいるのに、なぜフィオナと揃いの色のスーツを着ているんだよ！」

すると意外な言葉がフィオナから出てきた。

「それは私が以前にセブラン様に、卒業パーティーでどんな色のスーツを着るか尋ねたからよ。ドレスを作る参考にしたかったからね。それで薄水色のスーツだよと教えてもらったの。素敵な色だと思ったから、私も真似てこのドレスを作ったのよ」

「なんですって？　それではお揃いで作ったわけではなかったのね？」

ヴィオラが尋ねた。

「そうだよ。だから僕も少し驚いたんだ。まさかフィオナが僕のスーツと同じ色のドレスを着てくるとは思わなかったよ」

相変わらず、のんびりした口調で話すセブラン。こいつ……自分が何をしたのか理解していないのか？

「でもそのせいで、レティを勘違いさせてしまったのかしら？　だとしたら悪いことをしてしまったかもしれないわ」

口先だけのフィオナのふてぶてしい態度に俺は確信した。この女はとんでもない性悪だ。レティシアに対する嫌がらせだということに、俺たちが気付かないとでも思っているのか？

「あ、あなたっていう人は……！」

ヴィオラは怒りで肩を震わす。すると、フィオナはセブランの背後にサッと隠れた。

「セブラン様、ヴィオラさん、怖いわ」

「な、なんですって！」

ますます目を吊り上げるヴィオラ。

「よせ、ヴィオラ。相手にするだけ時間の無駄だ。そんなことよりも、レティシアの行方を捜す方が先だ。行こう」

「ええ、そうね」

「何よ、相手にするだけ時間の無駄って」

俺の言葉遣いが気に入らなかったのか、フィオナが口を尖らせる。だが無視して背を向けた時、セブランが声をかけてきた。

「イザーク。もしレティが見つかったら、あとで一緒に踊ろうって伝えておいてくれるかな？」

その言葉に、もう俺は我慢の限界だった。振り返ると、怒鳴りつけた。

「馬鹿野郎！　レティシアはドレスを着ていなかったのに、どうしてお前と踊れるんだよ！」

「え……？」

すると、初めてセブランは狼狽（ろうばい）した表情を浮かべる。

「セブラン、お前は何一つレティシアのことを考えていない。最低な婚約者だ」

吐き捨てるように言うと、俺はヴィオラに視線を移す。

「……行くぞ。レティシアを捜しに行こう」

「ええ」

俺たちは足早にパーティー会場をあとにした。


「それにしても、一体レティはどこへ行ってしまったのかしら」

誰もいない廊下を歩きながらヴィオラが尋ねてくる。

「さぁな。だが、少なくとも学園には残っていないだろう。何しろ門をくぐり抜けて外へ出て行ってしまったのだから」

それに、あの切羽詰まった様子も気になった。

「ひょっとして家に帰ったのかしら……」

「だったらいいけどな」

エントランスに行くために理事長室の前を通った時、偶然その会話が聞こえてきた。

『な、なんですって？　理事長！　レティシア・カルディナが、大学への進学取り下げの書類を提出してきたのですか⁉　あんなに優秀な生徒なのに……信じられません……』

それは学園長の声だった。

『そうなのだ。つい先ほど、郵送で届けられたのだよ。進学はやめて、自立して一人で生活をしたいからだという手紙が添えられていた。これは親御さんにも尋ねた方がいいかもしれないな』

な、なんだって⁉

「その話……本当ですか⁉」

気付けば、俺はノックもせずに理事長室の扉を開けていた――

交易都市リーフの港を出港して約6時間――


「あれが……アネモネ島。私の新天地になるのね」

デッキに立っていた私……レティシア・カルディナは、感慨深い思いで島を見つめた。

空はオレンジ色と紫色の美しいコントラストに染まり、島の特徴である白い建物を紫色に染め上げている。建物の窓から洩れるオレンジ色の光は部屋の灯りだろう。その光景はとても神秘的だった。

「なんて美しい景色なの。世界にはこんなに素晴らしいところがあったのね……あのまま屋敷で暮らしていたら、決して見ることができなかったわ」

私は新天地で暮らすことへの不安感など忘れ、島の美しい景色にすっかり魅了されていた。


――ボーッ……。

蒸気船は汽笛を鳴らしながら、島へとゆっくり近づいていった――

船が島に到着し、乗船客たちは次々と下船していく。私も人混みに紛れながらタラップを進み、初めてアネモネ島へ降り立った。

懐中時計を取り出し、時刻を確認すると、18時40分を指していた。太陽はそろそろ沈む時間で、周囲はだんだん薄暗くなってきている。

「今からではお祖父様とお祖母様の元を訪ねることはできないわね」

もともと今夜は島のホテルに宿泊する予定だった。けれど、その前に私にはするべきことがある。

「まずは今必要な荷物を取りに行かなくちゃ」

私は港に立ち並ぶコンテナターミナルへ向かった。


「はい、どうぞ。こちらがお客様のご利用されているコンテナの鍵になります。ピンク色のコンテナなので、すぐに分かると思います」

「どうもありがとうございます」

係員の男性から鍵を受け取った。

「契約期間は1カ月となっておりますが、延長される場合はまたお申しつけください」

「はい、分かりました」

港に整然と並べられた50個ほどのコンテナの中から探し出すのは、意外に簡単だった。

「これが私の借りているコンテナね」

ピンク色のコンテナの背丈は、私の身長より少し高い。中を開けると、自転車が入っていても少し余る程度の広さだった。とりあえず、当面必要なキャリーケースをコンテナから引き出すと、扉を閉めて鍵を掛けた。

「港の近くにホテルがないか探してみましょう」

大きなキャリーケースを引きながら、ガス灯に照らされた町中を歩き始めた。

私は3軒目のホテルを訪ねていた。

「そうですか……それでは空き部屋はないということなのですね？」

「はい、大変申し訳ございません」

ホテルのフロントマンの人が、申し訳なさそうに謝罪の言葉を述べてくる。

「いえ、大丈夫です。他を当たってみます」

ホテルを出ると、私はため息をついた。

島は観光シーズンに入ったばかりということで、空いているホテルがなかなか見つからなかった。

「ホテルの予約だけでも入れておけばよかったわ……。でも、ここは観光島だから、どこか空いているでしょう」

念願だったアネモネ島に来ることができたからだろうか。３軒目のホテルを断られても楽観的な自分がいる。気を取り直すと、私は再びホテルを探し始めた。

４軒目でようやく空いている部屋が見つかり、私はなんとか今夜泊まる場所を確保することができた。

「では、ごゆっくりどうぞ」

フロントで女性スタッフからルームキーを受け取る。

「どうもありがとうございます」

お礼を述べると、私はキャリーケースを引きずりながら部屋へと向かった。

私の部屋は2階の２０３号室だった。扉を開けて室内に入ると、目の前の大きな窓から見えるアネモネ島の美しい町並みと海が飛び込んできた。

「まぁ……！　なんて素敵なの……！」

部屋の扉を閉めて窓に駆け寄ると、大きく開け放した。すると途端に潮風が頬に触れ、波の音が聞こえてくる。空を見上げれば、満天の星空が美しい輝きを放っている。

「まるで夢のような世界だわ……」

ふと時間が気になり、懐中時計を確認すると、時刻は19時半を指している。

「……今頃はもう、パーティーも終わったでしょうね」

ヴィオラは私がいなくなったことにすぐに気付いただろう。けれど、私の行先を彼女は知る由もない。

黙っていなくなったことに怒っているだろうか？　イザークは、結局私に何を言いたかったのだろう？

「ごめんなさい……ヴィオラ。住むところが決まって落ち着いたら、必ずあなたに手紙を書くから許してね」

そして……お父様。私はあの屋敷を出るつもりだったので、大学に進学する気は毛頭なかった。けれど、そのことを事前に父に知られるわけにはいかなかった。だから入学手続きの書類を提出はしたものの、本日付けで進学取り下げを申請した書類が学園側に届くように手続きをしておいたのだ。

きっと学園側から父に連絡が行くだろう。そして私がいなくなったことにも気付くことになる。

「でもお父様は私に無関心だから、気に留めることもないかもしれないわね」

父は、あの家にイメルダ夫人とフィオナがいればいいのだから。それに夫人は私を目の敵にしているし、フィオナだって私がいなくなれば、セブランの婚約者になれるかもしれない。

「セブラン……私がいなくなって、少しは悲しんでくれるかしら？」

一瞬セブランのことが脳裏に浮かび、消えていく。けれどたぶん、それはないだろう。彼の心は……もう私にはないのだから。

その時、冷たい潮風が部屋の中に流れ込んできた。

「少し冷えてきたわね」

窓を閉じてカーテンを引くと、キャリーケースから荷物を取り出した。

「今日から新しい生活が始まるのね……」

浮き立つ気持ちを抑えられず、鼻歌を歌いながら荷物の整理を始めた。

この時は、まだ何も知らなかった。私が突然消え去ったために、リーフでどれほどの大騒ぎになっていたかということを――

「ふぅ……これでようやく落ち着いたわ」

荷物の整理が終わり、部屋の時計を見ると、時刻は20時を過ぎていた。

「まぁ、もうこんな時間だったのね。どうりでお腹が空いていると思ったわ」

考えてみれば、今日はお昼を食べていなかった。船酔いをしないために、食事をとらなかったからだ。

「そういえば、ホテルの1階にレストランがあったはずだわ」

私は早速部屋を出ると、レストランへ向かった。


「美味しい！」

シーフードパスタを口に入れ、私は思わず顔をほころばせた。流石海に囲まれているだけあって、メニューはシーフード料理で溢れていた。

「これから毎日、島の料理を味わえるのね……」

食事をしながらそっと辺りを見渡すと、店内はほぼ席が埋まっていた。おそらくここで食事をしている人々は、皆ホテルの宿泊客なのだろう。

一人きりで食事をしているのは私だけで、それが少しだけ寂しかった。

「お父様……今頃、どうしているのかしら……」

そろそろセブランがフィオナを連れてカルディナ家へ戻る時間だ。私が帰宅してこないことを知ったらどう思うだろう？

「……」

そこで思考が止まる。父の反応がどのようなものになるか、見当がつかなかったからだ。

「考えても仕方ないわね。私はあの家ではいてもいなくてもいい存在だったのだから」

あの家での私は、父からは空気のように扱われ、イメルダ夫人からは敵意を向けられていた。フィオナからは、ことあるごとにセブランとの親しい様子を見せつけられ……私の心は疲弊しきっていた。

私がいなくなっても、心配する人はおそらくいないだろう。

そんなことよりも、これからの島での暮らしを考える方が重要だ。私は今後の生活のことを考えながら食事を進めた。


「ふぅ……気持ちよかったわ」

ホテルの部屋のバスルームから出ると、カバンの中から黄ばんだ封筒を取り出した。

それは私の10歳の誕生日に届いた手紙であり、チャールズさんから託されたものだった。

8年という歳月で、封筒も手紙もすっかり黄ばんでしまっている。

『レティシア、10歳のお誕生日おめでとう。あなたの幸せを心よりお祈りしています。祖母より』

手紙にはそれだけが書かれていた。

「お祖母様……」

私はまだ一度も会ったことのない祖父母に思いを馳せた。

祖父母にしてみれば、父の不誠実な態度はとうてい許されたものではなかっただろう。だから自分たちの娘である母が亡くなっても、葬儀にも参加しなかったのだ。

「お2人は、私のこともよく思っていないかしら……」

会ってもらえなかったらどうしよう？　そんな不安が込み上げてくる。憎い父の血を引く私を、祖父母はよく思っていないかもしれない。

「悩んでいても仕方がないわね。もともと私がここに来たのは、この国で一番美しいといわれているアネモネ島で暮らしてみたいと思ったからだし」

少し不安だけど……明日、祖父母の家を訪ねてみよう。封筒をカバンに戻し、部屋の灯りを消すとベッドの中へ潜り込んだ。

「おやすみなさい……」

誰に言うともなしにポツリと呟くと、目を閉じた。こうして、アネモネ島での第1日目が終わった――

――翌朝7時。

ホテルの部屋で目覚めると、ブラウスに濃紺のジャンパースカートに着替えて窓を開けた。

途端に潮風が部屋の中に流れ込んでくる。今朝も雲一つない青空で、真っ白な建物と青い屋根の見事な景色にため息をつく。

「本当に素敵な島ね。ずっとここに住んでいたいわ……」

そのためにも、いつまでもホテル暮らしは続けられない。

「う～ん。とりあえずは食事に行ってから考えましょう」

部屋の戸締まりをすると、ホテルのレストランへ向かった。


「昨夜もそうだったけど……本当にここのお料理、すごく美味しいわ」

食事を口に運び、思わず感嘆のため息がもれてしまう。決して豪華な食事ではない。むしろ、カルディナ家で出されていた料理の方が豪華だと言える。

「たぶん食事をしていた環境のせいかもしれないわね。あの屋敷での食事は、私にとっては苦痛の時間だったから」

私をそっちのけで楽しげに会話しながら食事をする父と夫人、そしてフィオナ。それでもここ最近、父は私に何か言いたげな視線を送ってきたりもしていた。が、話しかけてくることはなかった。

私は本当に、あの屋敷では孤立していたのだ。だけど、きっとこれから先はいいことばかり起きるはず。何しろ一大決心をして、ついに行動に移したのだから。

黙っていなくなってしまった罪悪感を無理に押し込めると、食事を進めた――

部屋に戻った私は外出準備を終わらせ、時計を確認した。時刻は9時半を過ぎている。

「さて、そろそろ出かけようかしら」

ショルダーバッグに祖母からの手紙をしまうと、帽子を被ってホテルをあとにした。


私は港へやってきていた。ここへ来た理由は一つしかない。

「ついに……私の夢が叶(かな)う日がきたのね」

コンテナの前に立つと、鍵を回し開けて、赤い自転車を引っ張り出してきた。帽子を目深に被り、風で飛ばないように顎(あご)の部分でリボンを結ぶ。

「さて、行きましょう」

そしてペダルに足を載せると自転車で、アネモネの美しい町へと漕ぎ出した――


どこまでも白い建物に囲まれた美しい町並みを自転車で進んでいると、物珍しさからか、町を行く人々が気さくに声をかけてくれた。

「こんにちは！　お嬢さん！」

「素敵な乗り物だね」

「どこに行くんだい？」

「観光で遊びに来たのかな？」

その度に自転車を止めては、島の人たちと会話を交わしながら、祖父母の家を目指した。

そしてついに、手紙に書かれた番地に到着した。

「……メイソン通り３番街……グレンジャー家……ここね」

門に記された番地を確認すると、顔を上げた。

そこには白い門に囲まれた、青い屋根が美しい白亜の屋敷がそびえ建っている。

「ここに……お祖父様とお祖母様が住んでいるのね……」

祖父母は私を受け入れてくれるだろうか……？　たとえ、受け入れてくれなかったとしても大丈夫。だって、ここは夢にまで見た私の理想の場所なのだから。


少しの不安と期待を胸に、私は門扉を見上げるのだった——

あとがき

この度は、著書「ただ静かに消え去るつもりでした」を手に取って頂き、ありがとうございます。


本作のヒロインであるレティシアは辛い毎日を送っていました。

セブランだけが自分を救ってくれる存在だと信じていたのに、彼女は酷い裏切りを受けます。

そこで自分さえいなくなれば、全ては丸く収まるだろうと考えたレティシアは、祖父母の暮らす「アネモネ島」へと旅立っていくのです。

その後、島へと渡ったレティシアは自分が消え去ったことで、周囲にどれほど大きな影響を及ぼすかということに気付くことになります。

そこからこの題名は来ています。

自分は周囲に、気にもとめてもらえない存在だと思っていたのに本当は皆にとって大きな存在だったというわけです。

レティシアが暮らすことになる美しい「アネモネ島」での生活、それはまさに自己願望を投影したものでもあります。

ちなみに「アネモネ島」は私が人生で一度は訪れてみたいギリシャの「サントリーニ島」が

モデルとなっております。この島を想像しながら本作品をお読みいただけると幸いです。

結城芙由奈

ツギクルAI分析結果

「ただ静かに消え去るつもりでした」のジャンル構成は、恋愛に続いて、ファンタジー、現代文学、歴史・時代、ミステリー、ホラー、SF、青春の順番に要素が多い結果となりました。

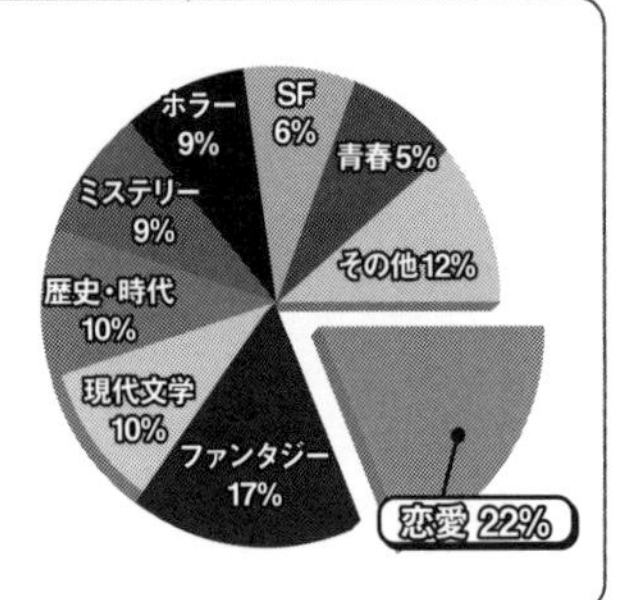

期間限定SS配信

「ただ静かに消え去るつもりでした」

右記のQRコードを読み込むと、「ただ静かに消え去るつもりでした」のスペシャルストーリーを楽しむことができます。

ぜひアクセスしてください。

キャンペーン期間は2024年6月10日までとなっております。

人生をやり直した令嬢は、やり直しをやり直す。

著 川崎悠

イラスト キャナリーヌ

運命に逆らい、自らの意志で人生を切り開く侯爵令嬢の物語！

やり直した人生は納得できません!!

コミカライズ企画も進行中！

侯爵令嬢キーラ・ヴィ・シャンディスは、婚約者のレグルス王から婚約破棄を告げられたうえ、無実の罪で地下牢に投獄されてしまう。失意のキーラだったが、そこにリュジーと名乗る悪魔が現れ「お前の人生をやり直すチャンスを与えてやろう」と誘惑する。迷ったキーラだったが、あることを条件にリュジーと契約して人生をやり直すことに。２度目の人生では、かつて愛されなかった婚約者に愛されるなど、一見順調な人生に見えたが、やり直した人生にどうしても納得できなかったキーラは、最初の人生に戻すようにとリュジーに頼むのだが……。

定価1,320円（本体1,200円＋税10％） 978-4-8156-2360-9

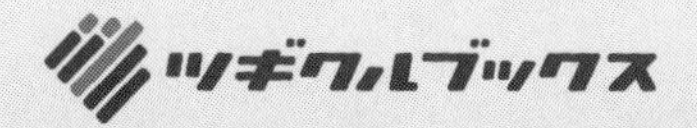

https://books.tugikuru.jp/

辺境の地でのんびりする予定が、なぜか次期辺境伯につかまりました！

激務な領地経営はもうごめんです！

コミカライズ企画も進行中！


両親の死で子爵家最後の跡取りとして残された１人娘のサーシャ＝サルヴェニア。しかし、子爵代理の叔父はサーシャに仕事を丸投げし、家令もそれを容認する始末。

ここは、交通の便がよく鉱山もあり栄えている領地だったが、領民の気性が荒く統治者にとっては難所だった。

そのためサーシャは、毎日のように領民に怒鳴られながら、馬車馬のように働く羽目に。

そんなへとへとに疲れ果てた１８歳の誕生日の日、婚約者のウィリアムから統治について説教をされ、ついに心がポッキリ折れてしまった。サーシャは、全てを投げ捨て失踪するのだが……。


定価1,320円（本体1,200円＋税10%） 978-4-8156-2321-0

https://books.tugikuru.jp/

巻き込まれ事故で死亡したおっさんは、幼児ケータとして異世界に転生する。聖女と一緒に降臨したということで保護されることになるが、第三王子にかけられた呪いを解くなど、幼児ながらに次々とトラブルを解決していく。
みんなに可愛がられながらも異才を発揮するケータだが、ある日、驚きの正体が判明する——

ゆるゆると自由気ままな生活を満喫する幼児の異世界ファンタジーが、今はじまる！

定価1,320円（本体1,200円+税10%） ISBN978-4-8156-1557-4

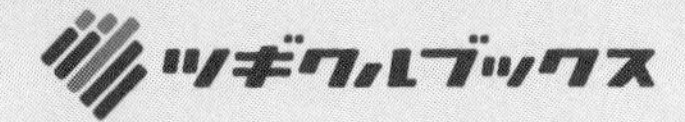

https://books.tugikuru.jp/

愛読者アンケートに回答してカバーイラストをダウンロード！

愛読者アンケートや本書に関するご意見、結城芙由奈先生、椎名咲月先生へのファンレターは、下記のURLまたは右のQRコードよりアクセスしてください。

アンケートにご回答いただくとカバーイラストの画像データがダウンロードできますので、壁紙などでご使用ください。

https://books.tugikuru.jp/q/202312/tadashizukani.html

本書は、「小説家になろう」（https://syosetu.com/）に掲載された作品を加筆・改稿のうえ書籍化したものです。

ただ静(しず)かに消(き)え去(さ)るつもりでした

2023年12月25日　初版第1刷発行

著者　結城芙由奈(ゆうきふゆな)

発行人　宇草 亮
発行所　ツギクル株式会社
〒106-0032　東京都港区六本木2-4-5
TEL 03-5549-1184
発売元　SBクリエイティブ株式会社
〒106-0032　東京都港区六本木2-4-5
TEL 03-5549-1201

イラスト　椎名咲月
装丁　株式会社エストール

印刷・製本　中央精版印刷株式会社

ISBN978-4-8156-2400-2
Printed in Japan